Yoko Ogawa

冻结的香气

こおりついたかおり

[日]小川洋子 著

星野空 译

浙江出版联合集团

浙江文艺出版社

Kôritsuita Kaori

Copyright ⓒ 1998 by Yoko Ogawa

First published in Japan in 1998 by Gentosha Inc., Tokyo

Simplified Chinese translation rights arranged with Yoko Ogawa

through Japan Foreign-Rights Centre / Bardon-Chinese Media Agency

本书中文简体字版版权，浙江文艺出版社独家所有。

版权合同登记号：图字：11-2012-212 号

图书在版编目（CIP）数据

　冻结的香气 /（日）小川洋子著；星野空译. 一杭州：
浙江文艺出版社，2018.3
　ISBN 978-7-5339-5103-0

　Ⅰ.①冻⋯　Ⅱ.①小⋯　②星⋯　Ⅲ.①长篇小说一日
本一现代　Ⅳ.①I313.45

　中国版本图书馆 CIP 数据核字（2017）第 287291 号

冻结的香气

作　　者：〔日〕小川洋子
译　　者：星野空
责任编辑：王盈盈
出版发行：浙江文艺出版社
地　　址：杭州市体育场路 347 号
网　　址：www.zjwycbs.cn
经　　销：浙江省新华书店集团有限公司
印　　刷：浙江超能印业有限公司
版　　次：2018 年 3 月第 1 版　2018 年 3 月第 1 次印刷
开　　本：880 毫米×1230 毫米　1/32
字　　数：120 千字
印　　张：8.25
插　　页：1
书　　号：ISBN 978-7-5339-5103-0
定　　价：**38.00 元**

一

　　从维也纳国际机场转乘前往布拉格的航班已经晚点了五个小时。不论去问谁为什么会发生这样的事，都没有人告知真相。他们不是一脸不耐烦地缩缩脖子，就是快速地溜出一串我听不懂的语言而已。

　　C-37 号登机口位于建筑的一端，人影稀疏，十分安静。这里既没有流淌的音乐，也不闻旅行者们满心雀跃的叽叽喳喳。不知是否喇叭坏了，偶尔响起的机场广播断断续续的，几乎听不清。

　　咖啡站正准备打烊：刚才给我做三明治的小哥正用拖把拖着地板，柜台的灯光已经熄灭，咖啡杯被擦拭得干干净净，倒扣着排列在擦碗布上。

外面一片漆黑，隐隐地可以看到橙色的导航灯。这时，正好有一架飞机起飞，我看到它就像被吸入了遥远的黑暗中，变成一个点，越变越小。

一个白人老妇蜷着身子，以包为枕，横躺在长椅上；有一家子正在吃月饼，看着像是中国人，月饼的碎屑窸窸窣窣地落在地上；一个婴儿在母亲的怀里撒着小娇。大家都在等候飞机起飞。

我想算一算自己已经从日本出发多久了，想算一算自己到底多久没睡了，但几次尝试都没弄明白。七小时的时差，又是加又是减，闹得人不明白。因为过于疲劳，我的大脑中枢已然麻痹。

不管什么事，负责计算的都是他：把一个人的生日换算成公历、统计出差的差旅费、记下保龄球的得分、指出出租车找零有误……

不论什么时候，他都能得出正确的答案。只要我嗫嚅一下"唔……"，他就会立刻在一旁为我提示正确的数字。绝不颐指气使，也不扬扬得意，反倒显得有点抱歉。因为你看起来有点为难，忍不住就说出口了，如果是我多管闲事，还请多多包涵。他仿佛就是这么说的。58、37400、

1692、903……他的答案只关乎数字本身，没有别的实际意义。但是，他低声说出那些数字的瞬间却是我的至爱。

坚定不移的数字的余韵令我安心，我可以确实地感觉到，他真真切切地就在身边。

忽然一阵雷鸣，适才飞机消失的方向划过一道闪电，随后落起了冰雹。

一开始我还以为是候机厅的玻璃碎了。骇人的声响笼罩在周遭，就像什么坚硬物体崩塌了一般。老妇站起了身，婴儿愣得掉了口中的安抚奶嘴。每一个人都在看外面。

冰雹就像是真的玻璃一般，闪闪发光。定睛望去，可以看到每一颗映射在黑暗中的形状。有好几颗撞到了窗上，然后碎裂、散开。

忽地回过神，却见我们要搭乘的飞机已经停靠在旁，可以看到机身上"CESKY"几个字母。它是何时又从何处来的？我站起身靠近窗户，只见堆放着行李的货车排成长队，从四处蜿蜒着朝这边驶来。

冰雹打在螺旋桨、机轮、机翼上，机门打开，舷梯斜靠过去。雷声愈加隆隆，婴儿又放声大哭了。

被冰雹击打的飞机看起来格外渺小，宛如受了伤孱弱的小鸟。

通知登机的灯，终于开始闪烁。

当医院的护士打电话通知我弘之的死讯时，我正在起居室熨衣服。

"啊？你说什么？"

听筒那一头的声音很陌生，我又问了一遍。

"他在工作的地方试图自杀，服下了无水酒精。"

为什么一个素不相识的女人可以对弘之这么了解？我感到不可思议，这真是莫名其妙。

"请立刻赶过来，从一楼西门进来就是抢救中心。"

无水酒精，这个我很清楚，就放在调香室柜子的最下层——我经常注视着弘之在调香室里工作的身影，所以那里面的东西不论多么微小都记得——就在那个有着红色盖子的褐色玻璃容器里。瓶子圆圆的，看着有些笨重，上面贴着白色的标签。我记得只用掉了一厘米的量。

"明白了吧？"

女人再次确认。

我回到熨台前，重新开始熨烫弘之那件正熨烫到一半的衬衫。

其实，我知道应该立刻出发，应该把钱包塞进口袋跳上出租车，不顾一切地赶往医院。

然而，我的手不受控制地继续摆弄着熨斗，仿佛这才是眼下的重中之重。我细心地熨平领口的皱纹，虽然这件衬衫的主人明明已经死了。

太平间位于地下室。我走在狭长的走廊上，听到树脂地板发出的吱吱声。早上送他出门上班时，应该并没有异样，我对自己说。当时，他拎起装着调香工具的包，在玄关的镜子前确认领带有没有歪掉，然后对我挥起一只手说了声"再见"，之后便出门了。

昨晚正好是同居一周年的纪念日，我们小小地庆祝了一下。我做了他喜欢的肉馅糕，甜点则是烤苹果派。我们还开了香槟，但只有我喝了。劝了很多次，他就是不喝，这也是惯有的事。弘之说酒精对嗅觉不好，所以绝不肯沾上一滴。不过，他多吃了一个苹果派。

他第一次为我调制了香水，作为礼物送给我。这是很久以前就约定好的。之前我每次催他，他总会为难地垂下眼帘说："没那么容易的，我必须对你有更深的了解。"

香水的名字是"记忆之泉"。细长的半透明玻璃瓶上没有任何装饰，瓶肩是不对称的曲线，瓶身玻璃上嵌着几个气泡。迎着光线看，气泡恍如在香水中畅游一般。相较于朴素的瓶身，瓶盖上刻着的图案却非常精巧，微微凸起，是一根孔雀的羽毛。

"孔雀是记忆之神的使者。"

他取下瓶盖，手指滑入我的发间，在我的耳后抹上一滴香水。

在度过如此重要的一晚后自杀，这怎么可能呢？从刚才开始，我一直在思考着同样的问题。假设他早就决定要自杀，只是在等着香水完成，那就说明他对我没有任何留恋。但如果真是这样，他完全可以不做完这个香水。

太平间狭窄且寒冷。弘之躺着的床的周围，勉强可以站人。香水工坊的玲子老师和一个不认识的年轻男子站在那里。玲子老师看见我，欲言又止，发出了无声的叹息。

我把手掌贴在弘之的脸颊上。他的表情很温柔，让我不由自主地这么做。无法相信这是一张死去的人的脸，一张如果置之不理就会渐渐腐烂的人的脸。

"对不起。"玲子老师说，"如果早点注意到，事情就不会这样了……一早我拜托弘之看门后就出门了，回来时发现他倒在地上。真是无法相信，他怎么会服药自杀呢？我不应该绕道，应该再早些回来的。一开始还以为他在开玩笑，以为他在捉弄我。但是，我怎么喊他怎么摇他，都没有反应。他的脚边滚落着无水酒精的空瓶子。当看见那个的时候，我全身震颤，无法自己，痛苦得就好像是自己喝了一样……但是，弘之一点也不痛苦。真的，闭着嘴，闭着眼，他就像在专心闻香一样。是的，就和平时一样。看上去，就像是抽丝剥茧地追寻着发生在很久以前关于香气的回忆时，心脏在不知不觉间停止了跳动一样……"

一旦开口，玲子老师就停不下来了。她的话语接连不断，如泪水流淌一般扑簌而下。只有她的声音，在太平间里回荡。

弘之的脸颊很温暖，就和我无数次触摸过的一样。但立刻，我就知道这是错觉。其实他的脸冰冷得令人心痛。只不过是熨烫白衬衫时留下的余温，遗留在了我的手心。

"为什么要喝下那么难喝的东西……"

我没有流泪，没有喊叫，只是淡淡地呢喃了这句话——这是玲子老师事后告诉我的，而我自己什么也不记得。

"但是，他的弟弟能来真是帮了大忙。如果只有我和凉子两个人，都不知道该做些什么。哎，是吧？哪怕只是多一个亲近的人能来也好，不然也太孤单了。弘之自己，只

身在安静的调香室一角。陪着他的，只有昨天调制好的香
水的气息……"

当沉默造访时，玲子老师似有些承受不住地再次开口。

"那个是'记忆之泉'。"

我小声解释，她没有听到。

要怎么做才能让弘之的身体保持住现在的样子，我思
考着。我很清楚他已经不可能复生，但也不想看到他化为
灰烬或者化为白骨。我认为最可怕的，是他的身影就此消
失，那比死还要可怕。不管多么冰冷，只要掌心能继续触
摸到这张脸庞，我想我就能坚持下去。

首先，需要干净而高级的丝绸，而且要许多许多，足
够我绕上好几层的。然后，是末药，这是最重要的。弘之
曾经告诉过我，"木乃伊"这个词的词源就是这种香料，它
具有杀菌与防腐的效果。早在公元前四千年，人们便以它
为供物烧给神佛。那是可以带来重生的圣药。

当时，我们是怎么聊到木乃伊的？我已经忘了。弘之
知道许多我不知道的故事，每一个都跟香水有关。听他说
那些故事，总能使我深感佩服，让我满心愉悦，令我平心
静气。

接着，要放血，取出内脏。这事再怎么细心也不过分。

不论是多小的肠子上的褶皱，多薄的脑子中的皮层，都要一个不剩、一片不留地掏出。然后，就是往里面塞满末药。塞的时候要注意，要巧妙地拉开皮肤，不要破坏原本的形状。当然，脸颊的内侧也不能忘记。最后，裹上浸过末药的丝绸，静待末药完全渗入每一寸的肌肤。没有什么好怕的，列宁也好，伊娃·贝隆也好，都是如此这般操作的。

调香室的柜子上有装末药的瓶子吗？为什么玲子老师尽絮叨些无足轻重的事，却不把关键的香料带过来？现在我们最需要的，明明就是末药……

"我们约好一年打两次电话的。"

陌生的声音！我受惊地抬起脸，手还停留在弘之的脸庞上。

"父亲的忌日，我打给他；母亲的生日，他打给我。得定好日子，要不就会忘记。"

是站在玲子老师身旁的男子。他抓着床沿，一句一句慎重地吐出言语。低下头时，昏暗的灯光照在他的侧脸上。

真像弘之啊，简直可以说就是弘之啊！一瞬间，我猛地被拉回到现实，贴在弘之脸颊上的手指冰冷得僵住了。

弟弟？他有弟弟吗？他从没提过家人呢。弘之说，家人全都去世了。然后，再无下文。家人全都去世了——我以为再没有哪句话比这句话更适合他。他总是坐在玻璃的调香室里闻香，就好像出生之前便在那里，久久都不动一下。

如果光线的角度再变一下，就能看清他的脸了。我连忙移开视线。弘之的唇依旧润泽，今早才洗过的头发尚还柔顺，而他最珍惜的鼻子在如此寒碜的灯光下，仍然不失美好的轮廓。

"今天是父亲的忌日，也是我打电话的日子。他是为了让我能早点知道，才选择这个日子的吧。"

男子不是对玲子老师、我或者弘之发问。

我把手从弘之的脸上移开，玲子老师哭出了声。明明没有窗，寒气却不知从哪儿悄然而入。

他会选择今天，也许并不是为了承诺过的香水，而是因为挂念弟弟。也说不定，他希望自己能和父亲死在同一天。

我竟然在妒忌这个素不相识的弟弟？不合时宜的情感使我困惑、混乱。它击垮了我，也带给我失去弘之的真正的痛苦与恐惧。

在布拉格机场迎接我的，是个一脸稚气、堪称少年的年轻男子。他双手插在穿得旧兮兮的皮夹克口袋里，微微弓着身体，发现我之后，露出害羞的微笑跟我握手。青年有着匀称结实的身材，双耳戴着金色的圆耳环。

"真抱歉，让你久等了，飞机晚点了好久。"

我说道。他低着头，含含糊糊地说着什么。

"还担心你会等得不耐烦就回去了。这大半夜的要是让我一个人走，真不知如何是好呢。真是谢谢你了！"

青年含糊地点了点头，扣上皮夹克的纽扣，用眼神示意我先出去再说。他有着波浪般的栗色头发，以及相同颜色的眼睛。

"哎，你是切得克旅行社派来的导游吗？"

这一次，我试探着用英语询问。但他的反应照旧，只是冒出两三个像是捷克语的单词。听着既像是在道歉，又像是在宽慰。

"我明明再三强调要一个懂日语的导游啊，这是怎么回事？英语也不行吗？一句也不会？"

他没有回答，用一只手握住了行李箱把手，然后有些踌躇地向我提着的旅行袋伸出另一只手，像是在说"可以的话，这个也让我来"。我摇了摇头，他立刻把手收回去了。

"语言不通的话，我会很头疼的。我有很多东西要调查，还得找人问话，不是单纯来观光的。今天原本约好要讨论并制定逗留期间的行程的。当然，我没有想到飞机会晚点那么久。明天，明天能好好地派一个符合我要求的人来吗？"

虽然我知道和他说什么都没用，但还是忍不住说出了心中的担心。我一直没睡，精神有些异常的亢奋。

青年热情地倾听着，仿佛他能理解我说的一切，对着半空望了一会后，默默地露出微笑。然后，他把行李箱放上了小货车的后车厢里。无奈之下，我也只好对他客气地笑笑。确实，除此之外再无他法。

布拉格也下了骤雨吗？街上湿漉漉的，林荫树、柏油路以及有轨电车的轨道都因水滴而泛着光。带点乳黄色的街灯照亮了黑夜，可以看见快到市中心了，也几乎没有人影。这个城市里既有被高高的绿树与红瓦围绕、风格沉稳的医院，也有行将废弃的穷酸的加油站。幽暗的森林、公交车总站、公园里的喷泉、食品店以及邮局，它们似乎都在沉睡。小货车拐过几个十字路口，开始加速。放在后面的行李箱与大概是他自己的黑色箱子互相撞击，发出嘎嗒嘎嗒的声音。

"你叫什么名字?"

我在他身后用英语慢慢地问了两次。他转过头,扑闪着惹人怜爱的眼睛,又重新握紧方向盘。

"我是凉子,我的名字叫凉子,凉——子。明白吗?"

这次我用食指戳了戳他的背,他怕痒似的扭着身体点了点头。

"凉、子。"

虽然是结结巴巴的发音,但看来我的意图传达到了。

"那么,你呢?"

"捷涅克。"

他亮起方向灯,逆时针转动方向盘。因为引擎的声音,我听不太清楚。

"捷、涅、克。"

他慎重而小声地回答。

这名字真难念啊,感觉我疲劳不堪的大脑完全记不住。

突然,他指了指外面。我吃惊地把脸凑近窗玻璃。不知不觉间,沃尔塔瓦河展现出她的身姿,宽阔而静谧的河流融入黑夜,前方横跨着查理大桥,布拉格城屹立在山顶上,仿佛在俯瞰这一切。

照在大桥与城上的灯光很特别,不炫目,却能让人清楚地看到塔上精致的装饰以及排列在栏杆上的圣像的轮廓。看上去，似乎唯有那里的风景掬取自宇宙的深处，连黑暗都到达不了的宇宙的深处。

青年放慢速度，让我可以尽可能地观赏这片风景。

"捷涅克。"

他又说了一次。

"嗯，我知道了，很好听的名字哦。"

我回答。

从面向旧城广场的泰恩教堂旁拐入错综复杂的小巷，然后朝北走两三分钟就到了旅馆。旅馆是一栋四层楼高的古老建筑，除了大堂，所有的灯火都已熄灭。楼梯很陡，每踩一步都会发出不知从哪儿冒出的咯吱声。上面铺的深红色地毯早已磨损，满是污渍。

我在床的一角坐下，从包里取出"记忆之泉"，迎着光检查玻璃瓶有没有在长途旅行中碰伤。

只是晃了晃瓶子，就有香味溢出。这是凝结在幽深森林里凤尾草叶上的露珠的味道，是吹拂在雨后黄昏的微风的气息，是茉莉花蕾从沉睡中醒来的瞬间的芳香。

但或许，这只是那一夜弘之给我抹上香水时的记忆复苏了而已。我无法分辨这缕香从何处飘来。

房间的天花板很高，一个人住太宽敞了，除了简陋的床、化妆台还有衣橱，便是一片空荡荡。衣橱的门是坏的，就这么半开着。窗帘看起来很厚实，有很多褶，但已被晒得褪了色。

我用手指抚摸着瓶盖上的孔雀羽毛。自从弘之死后，我一次都没有打开过它。我很怕里面的液体会渐渐减少，最后消失得一点都不剩。

至今，我仍记得弘之的指尖触碰到我耳后凹陷处的瞬间。是的，他先用惯常的手法打开盖子——不管什么种类的瓶子，弘之都能非常迅速、优雅地打开，不论是芳香蒸馏水瓶的白色瓶帽，还是芳香精油瓶的滴管盖，又或者无水酒精的红色瓶盖。

然后，他用一滴香水润湿手指，用另一只手挽起我的头发。润湿的手指触碰到我身上最温暖的地方。我闭上眼，一动都不动。这样，才能更好地感受香气，才能更近地感受他。我能听到他的心跳，感觉到他的气息拂过额头。还有，他的食指总是湿润的。

我握紧香水瓶，倒在了床上。我知道我必须睡，但怎么才能睡着呢？不管我怎么努力压抑，围绕弘之的所有感官还是会苏醒，好像稍微侧一下脸，向耳后伸一下手，就可以碰触到他的身体。我几乎可以勾过他的手指，含在嘴里。而我的手里，只有香水瓶。

行李箱就这么被扔在房间正中央。刚兑换的陌生纸币从口袋里露了出来。百叶窗已经放下，即使竖起耳朵我也听不到街上的声音。

我明白，我来到了一个遥远的地方。

二

"你们尽管随意地找。不过，弘之用过的也就只有这张
书桌和那一排柜子了。"

玲子老师说。

"非常感谢您。"

我和彰一起回答。

在太平间初次见到时，我明明觉得他们很像，再仔细
一瞧，却发现他的一切都和弘之不一样。他叫彰，是弘之
的弟弟，比弘之瘦，比弘之高，头发是顺直的，差不多刚
遮住耳朵。说话的时候，会直直地望着我，视线不移开。

"那么，我找柜子，书桌就拜托给嫂子了。"

　　彰叫我"嫂子"。我和弘之还没有登记结婚，也不知道他有个弟弟，所以每次被这么称呼时，都觉得浑身不舒坦。但对他而言，却好像是早已熟悉的称谓。这种率性也和弘之不同。

　　我们分头整理弘之的私人物品，寻找可能的线索。玲子老师的香水工坊在一间公寓房里，二十平方米左右的起居室就是工作的地方。在阳光照射不到的东面用玻璃隔了一间调香室，再摆上办公用的书桌与沙发，墙上打了一整排的架子，密密麻麻地摆着香料。这里看起来就像整齐有序的化学实验室。

　　我觉得应该能发现些什么，但书桌里尽是些无聊的物品：图钉、固体胶、日历、彩色铅笔、研钵、法语词典、小镜子、滤纸、牙科的挂号单、植物图鉴、香草糖……

　　所有的物品各就各位，没有一丝紊乱，也没有特别显眼。这里就像被锐利刀刃切断的时间剖面，一切都正常又平静。

　　"哥哥一直整理得这么干净吗？"

　　彰一边翻阅着柜子上的文件，一边问。

　　"是的。"

　　玲子老师回答。

"他不是想自杀才特地整理的，如果是那样我应该会留意到。总而言之，他在事物分类方面有着出类拔萃的才能，不管对象是四百多种的香料，还是一枚一枚的别针。你说是吧?"

她把头转向我。

"是的。"

我附和道。

"他小时候不是这样的，书包里藏着发霉的面包，每次被发现，老妈都会歇斯底里一番。"

彰口中的弘之是我不知道的，每次听到我都会心跳加快。是继续听，还是捂住耳朵? 我不知道。关于弘之，到底是我了解的更多，还是他了解的更多? 在太平间体会到的那种妒忌又涌上心头。不，不能让自己更混乱了。

弘之好不容易用自己的方式悉心整理好物品，我一股脑地翻出，全部塞进了纸板箱。我知道自己搅乱了平滑的时间剖面，但是，无论如何都想弄清弘之自杀的理由。

"说起来，我之所以会聘用他，也是因为看中了这个能力。"玲子老师一边和彰一起翻阅文件，一边继续说道，"作为一个调香师，如何记住诸多的香料是非常重要的。毕竟，这个世界上有四十万种气味。我们需要赋予无形的香

味以意象与语言，将它们有序地放进记忆的抽屉里，在需
要的时候打开需要的抽屉。如果不能，是无法干下去的。
所以，我认为他出众的分类能力绝对能运用在这个领
域里。"

"哥哥是出色的调香师吗？"

"应该会是的，虽然现在还在摸索中，只是刚入了
个门。"

玲子老师叹了口气，打开另外一个文件夹。

和弘之一起生活后，我立刻就察觉到了他的分类癖好。
自己的衣服和书自不用说，连我工作用的资料还有化妆品，
他都要全部分类、收纳——这个工程花费了十天以上的
时间。

"如果你有不想被我动的东西，提前告诉我，我不会去
动它的。"

弘之先打了招呼，而我则让他随意。因为他的做法非
常合理，能让生活更为舒适。更重要的是他专心作业的样
子真的很迷人。

站在洗脸台的柜子前，或是打开洗碗池下放调味料的
地方，他先整体观察片刻，用眼睛计算空间与物品的数量
大小的关系，想出设计图后才开始行动。他移动化妆水的

瓶子，把指甲油按照色系排列，将头痛药放回急救箱，把香辛料分成三格，又交换了橄榄油和菜籽油的位置。

　　有时候我比较随意，很快就弄乱了，他也不会抱怨。对他而言，重要的不是整理后的状态，而是分类这个行为。紧抿双唇，集中视线，将一件件物品陆续填入脑中所描绘的公式中，他就差说出"给世界上的物品分类就是我的责任"这样的话了。

　　也亏得他的好习惯，我们很快就搜完了家里。遗书自不用说，连可疑的涂鸦、信、电话号码都没找到。弘之没有日记，记事本上也只有事务性的记录。我又仔细想了想，能够被称为我们共同朋友的，只有玲子老师一个。

　　我从词典的第一页翻到最后一页，逐一核实日历上标着的约定事项，也试着拨打了牙科挂号单上的电话号码。但，都是徒劳。

　　"我想调查一下这些软盘，可以吗？"

　　彰手里拿着几张光盘问道。

　　"嗯，你查吧。"

　　我们聚在电脑前，注视着屏幕。屏幕上出现的全是陌生的单词、数字还有化学公式。

　　"是配方吧。"

玲子老师说。

"没有类似口信的东西吗?"

"没,看着像是为了学习,自己写的配方。"

玲子老师摆弄着键盘。一条一条,所有的数据都只记录了香水的原料以及用量。

"不是原创的,是对现有香水做的分析。"

读取到第三张软盘最后的文件时,屏幕上突然出现文章的片段。我们三人齐声发出了短促的惊呼。

"岩石缝隙间滴落的水滴,洞窟里潮湿的空气。"

彰念出第一行。

"封闭的藏书室,染尘的微光。"

我跟着念道。

"黎明时分,刚刚冻结的湖面。"

"微微卷曲的死者的头发。"

"陈旧、褪色、柔软的天鹅绒。"

"这到底是什么?是诗吗?"

我一个字一个字地又从头看了一遍。

"我觉得不是,这是把香味的意象具化成了语言。"

"所以,只是工作的记录吗?"

"香味的意象是非常主观的,和人的记忆有着千丝万缕的联系，说不定能成为了解弘之内心的线索。"

最后，我们把这部分打印出来带了回去。

"我知道你想知道个究竟，这是人之常情，但也别勉强自己。"

玲子老师站在玄关对我说。

"嗯，放心。"

我把纸箱抱在胸前。

"彰，欢迎随时来玩，难得认识一场。"

"黎明时分，刚刚冻结的湖面……"

彰没有说再见，只是喃喃地吟出弘之留下的一行文字。

我送彰到了旅馆，办完弘之的葬礼后，他一直住在这里。

据说彰的老家在面朝濑户内海的小镇上，自从弘之离家出走后他一直和母亲一起生活。母亲身体很弱，连葬礼都没有来东京参加。兄弟俩的父亲在十二年前——弘之十八岁、彰十四岁的时候，因为脑瘤去世。他生前是大学医院麻醉科的教授。弘之在父亲去世后就立刻离家，自此再也没有回家。不过兄弟俩有时会联系，每年两次的电话是固定的，偶尔还会见面吃个饭。高中毕业后，彰开始在木

工用品店里做事，工作内容是组装橱柜、运送砖瓦及有机
土、更换电锯的电池等等。

都是些不知道的事，彰一点点告诉了我。

"你在这里能待到什么时候？"

我问他。

"二等亲①的丧假是五天，还有时间。"

彰回答。

我们在旅馆的大堂喝咖啡，大堂没有窗很昏暗，正中
摆设着一个俗气的中国花瓶。沙发有些太软，我坐着很快
就感到腰酸背痛。

"你听弘之提过我吗？"

"不知道为什么，他没跟我说过。"

彰有些抱歉地摇了摇头，头发垂到了额前。

"但不只是嫂子的事，做什么工作，在哪里住，这些事
我也不知道。说出来可能你也不会相信。"

"不，我相信。关于你，我也是在他死后才知道的。"

我端起杯子，却发现里面已经空了，于是又放了回去。

---

① 二等亲，日本法律上表示亲属亲近程度的一个等级，指自己与祖父母、
兄弟姐妹、孙子女之间的关系。

"哥哥本来就不健谈，浑身上下散发着'我不想谈私生活的话题'的气息。所以我们两个人见面的时候，基本都是我在说。对店长的牢骚啦，对职业棒球的预测啦，还有和女朋友吵架的经过啦，唉，反正都是些无聊的话题。他就只是听着，有时候会扑哧笑笑，有时候会佩服似的点点头。只是安静地听着，看上去就像是聋哑人。"

"你们关系很好呢。"

"怎么说呢，嫂子你有兄弟姐妹吗？"

"有一个妹妹，结婚后去马来西亚定居了。我已经有很长时间没见过她了。"

"是吗？我十四岁的时候，哥哥忽然离家出走，因此，我们俩的关系啪地中断过一次。他把我一个人留在了老妈身边……那实在是很不安的回忆。所以六年后重新取得联系再见面时，我也总是提心吊胆，就怕自己万一干了什么傻事，他又会去什么遥远的地方，也就不敢问多余的事情。"

彰喝了口水。

"但是，到底还是变成了这样。"

冰块发出声响，好似在小声嘀咕。彰一直盯着杯子里看。

知道弘之自杀的时候，我当然很震惊，希望是搞错了。但老实说，真正让我震惊的，并不是他自杀这个事实，而是自己曾经有过"或许会发生类似事情"的念头。

和弘之一起生活的日子里，我从没担心过他会自杀。但不知为什么，在那个瞬间，我意识的某一个角落已然接受了。

星期六的深夜，他没有开灯，却端坐在碗柜前按照长短顺序排列勺子和叉子，我只能看着他的背影。去接他回家，他却丝毫没有意识到我，只是在调香室里嗅着香纸，脸上挂着仿若追寻某种记忆的落寞神情，我无法开口叫他。或许就是在这些不知不觉间，某种预感已经悄悄发芽。就像彰每次见弘之时，都会小心翼翼一样。

"你们最后见面是什么时候？"

我向服务员示意再来一杯咖啡。

"半年前吧，夏天刚开始的时候。哥哥穿着橙色的短袖POLO衫，他难得穿那么鲜艳，所以我记得很清楚。"

POLO衫是玲子老师从法国买回来的礼物，就放在衣橱从上往下数第三个抽屉里。

"还注意到别的什么吗？"

"我已经反复回想过好几十遍了，从那天见面到分开的每一个场景，一个一个回忆。他那天说了什么，什么表情，还有没有漏掉什么……但是，没用。"

桌面上有几颗水滴，彰就着它们无意识地画了好几个图形。那是一只被晒得黝黑、全无防备的手，好多小伤痕，指尖粗糙还有皲裂。和弘之用滴管汲取香料的手，截然不同。

"不要紧，我没有责备你。"

"当时，我出差来东京参加进口工具展览会。我们约好在涩谷八犬①前碰头，就在狗尾巴那里。因为东京，我只认识那里。然后我们去中华料理店吃了午饭，和平时一样。之后哥哥送我去车站，跟我挥手告别，对了，还给我买了罐装啤酒，叫我在新干线上喝。不过这也是常有的事情。一定要说特别的话，分开的时候，他跟我握了握手，说我手上有铁的味道。因为我在展览会上碰了许多工具嘛，'你不要跟狗一样嘛'，我当时这么回他的，他就笑。之后门就合上了。"

"顺便问下，弘之离家出走的原因是什么？"

---

① 涩谷八犬，指日本涩谷地铁站前的忠犬八公铜像，日本人在涩谷约会碰面一般选在此处会合。

"老爸去世是其中一个导火索吧，但那并不是原因。哥哥不是一时冲动出走的，而是情绪累积了很长时间，就像沙丘一点点被侵蚀一般。只能这样，别无他法了。唔，差不多是这种感觉吧，我也说不太清楚……那时还只是个孩子……哥哥当时已经十八岁，是足够自立的年纪。或许用'离家出走'这个词也不是很恰当。那天，老妈忽然说想吃无花果，于是他去附近的杂货店买。他把零钱放进口袋里，穿上运动鞋，但就这样再也没有回来。我们去问杂货店的大叔，大叔说哥哥确实去买过无花果。一共八只，除了我们三个人的，还有供在佛坛前的一份，每人两只。大叔最后看见的，是他提着无花果朝家的反方向走远的背影。老妈至今都想着吃无花果呢。"

"和这次一样呢，没有预兆，没有留言，忽然就消失了……"

"是啊。"

彰叹了口气，眨了两三下眼睛，双脚交换了一下姿势。沙发的弹簧发出令人不快的嘎吱声。

大堂从刚才开始就一直在放音乐，但音量很小，完全听不清。像是双簧管的声音，又像是猫咪的呼噜声。吧台里的服务员百无聊赖地擦拭着糖罐。不知道从哪张桌子传来了轻笑声，又很快安静了下来。

"嫂子，看下这个。"

彰从上衣口袋里取出一张纸，在桌上摊开。

"刚才玲子老师给我的。"

是弘之的简历，似乎是在工坊入职时提交的。

"名字和住处，唔，这些先不管它。出生年月、户籍、学历、工作经历、家庭构成、特长、资格证书……全都是假的。"

他把简历转向我，让我能看清楚。简历上是弘之熟悉的字迹，圆润而流畅，很容易辨认。

"他的生日不是四月二十日，而是三月二日。没有上过大学，他高二辍学了。大学毕业后去耶鲁大学留学学习戏剧，回国后在私立高中担任外聘教师，教伦理社会，并以戏剧部顾问的身份参加了全国高中戏剧大赛，连续三年获奖。父亲是染坊师傅，母亲经营托儿所，两人在十年前因为汽车跌入水池而溺亡。特长是演奏弦乐器，小学时在当地的儿童交响乐团担任大提琴手……你见过哥哥拉大提琴吗？"

我沉默地摇了摇头。

"别说大提琴，家里连个口琴都没有。"

好一阵子，我们的视线都直直地落在简历上。

"他跟我说来工坊之前是在农药厂工作的。"

"这也很奇怪。"

"他为什么要说这种谎？我不认为是为了装门面。"

"如果别人叫他拿耶鲁大学的毕业证书来，他打算怎么办？不过事到如今，管他伦理社会还是农药，都无所谓了……"

彰把简历放回了口袋。他并没有因为弘之说的谎而生气，但也没觉得无所谓。看上去，他更加哀伤了，连折起简历的手势都很小心翼翼，像是在安慰着什么。

"路奇小时候是不会撒谎的。"

我盯着彰的脸。

路奇。

我第一次听到别人喊他这个名字，这是我们独处时我对弘之的昵称。

"小时候，我念不好自己的名字，总是会发成'路奇①'。这是我另一个秘密名字。"

---

① "路奇"，在日语中的发音是"ruki"，"弘之"在日语中的发音是"hiroyuki"，比较接近。

弘之是这么告诉我的。

"我也这么叫他呢。"

"我们总算找到了一个共享的真实。"

彰把杯中的水一饮而尽。

三

　　翌日，我去了一家新开的珠宝店做采访，这是之前就定好的杂志社的工作。其实我想休息一段时间的，但连调整日程的力气都没有。如果要到处打电话、道歉、解释、被安慰，我觉得还是平静地完成眼下的工作来得更简单。

　　我和平时一样把录音机、备用电池、笔记本以及做笔记的工具放进手提包里，只抹了层口红便出门了。

　　明明弘之已经死了，但外面的世界看起来丝毫未变，真是不可思议。地铁仍然很挤，大厦间依旧刮着大风，手提包的搭扣还是只能扣到一半。

　　似乎只有我一个人被抽离出这些风景，我伸出手，什么也触摸不到。我感觉自己的身体仿佛正兀自枯萎，试着用力去抓地铁楼梯的扶手。等了很久，也没有感到坚硬的金属触感。手指迷失在了黑暗的空中。身穿西装的年轻男子从身后撞到我，咂了咂舌后，沿着楼梯往上跑走了。

摄影师为珠宝拍摄照片期间，我采访了负责宣传的女性。这次新品要突出的主题是什么，以怎样的女性作为目标群体，珠宝对顾客所起的作用是什么，大概是这样的内容。

她戴着一枚美洲狮造型的戒指，狮子的眼睛是蓝宝石做的。她口齿流利，说起来滔滔不绝，一边说一边还摊开了宣传册，打开了陈列柜的锁，把珠宝随意地摆满桌上。白金制的美洲狮尾巴在她的无名指上缠了好几圈。摄影师的快门声不绝于耳。墙壁是新涂的，涂料发出刺鼻的味道。每一个陈列柜都折射着吊灯的光，实在是太耀眼了。我眼皮发颤，太阳穴生疼，感觉睁不开眼。

莫非要大哭一场？为了不让对方察觉，我按着眉间，将意识集中在旋转的磁带上。她挥动着被美洲狮紧紧缠绕的手指，继续介绍一个融合了二十世纪二十年代欧洲美术理念设计出来的胸针。

完成工作后刚回到家，洗衣店就送来了洗好的衣服。

是弘之的外套，在夏末买来后，他整个秋天都穿着它。

"口袋里有落下的物品，我就拿出来了。其实在受理的时候，我们应该仔细检查的，真是对不起。"

洗衣店的人低下头，把装在塑料袋里的纸片递给我。

我把外套挂在窗帘杆上，袖口的污渍已经消失，手感柔软。弘之曾无数次穿着它，我可以一一回忆，我想要整夜整夜地去回忆。

纸片的四角已有磨损，文字也很模糊，但还是可以看出来是滑冰场的入场券，上面写着"成人　半日券　1200日元"。

"喂。"彰在旅馆的房间里，"怎么了？发生了什么？"

旅馆的信号似乎不太好，有刺啦刺啦的杂音。

"没，没什么事。你刚才在做什么？"

"在朗读旅馆的住宿规章。"

"为什么要做这种事……"

"因为想不出该做什么。"

"这样啊，我在盯着路奇的外套看。洗衣店的人刚刚送回来，笔挺松软，看着就像有人的身体在里面一样。"

彰没有回答。

"你的丧假天数已经用完了吧？"

"还有带薪假，没关系。"

"你的母亲在等你吧?"

"我还想在这里多待一阵，给你添麻烦了吗?"

他问得太直率，反而使我不知所措。

"不，怎么可能添麻烦? 你想留多久都可以。"

杂音一直不断。

"话说，我从外套的口袋里找到一张滑冰场的入场券，你怎么看?"

"滑冰场?"他咀嚼似的重复着这个词语，"只有一张?"

"是的，只有一张。"

"是你和哥哥一起去过的滑冰场吗?"

"不是，我没和他一起滑过冰。他不是运动很差的吗?说婴儿时期髋关节脱臼什么的……"

我能感到电话那头，彰在沙发上坐了下来。我把入场券翻了个面，迎着灯光，想看看上面有没有记过些什么。

"会不会……是他瞒着嫂子……和什么人约会?"

他一个字一个字地斟酌着说道，似乎难以启齿。

"我也在思考同一件事。"

我如实回答。其实在发现入场券的瞬间，我就是这么怀疑的，打电话给彰也是想听听他对这个怀疑的看法。但是，我没有勇气从自己的嘴巴里说出这句话。

"三十岁的男人，不会一个人去滑冰场吧？"

"这倒也不一定。"

"星期天他也会一个人外出，回来很晚，没有任何联络，但我没怀疑过什么。他不是那种会和女人逢场作戏的人。即使真是和哪个喜欢滑冰的女孩子约会，也不是什么大问题。是吧？毕竟，路奇已经死了。"

说着说着，总是归结到这个点上。已经死了……每次说出这句话，我都会发抖。

"明天一早，去那个滑冰场看看吧？"

彰提议。

"为什么？找女孩子？"

"不是，一起去滑冰吧。"

"不好意思，我现在实在提不起这种兴致，而且也不会滑冰。"

"我教你。路奇不是也写了吗？'黎明时分，刚刚冻结的湖面'。"

滑冰场里尚没有客人，只有整冰车一边转动着车轮下的滚刷一边前进。

我很后悔没有戴围巾，没想到这里会如此冷。

从前就知道在车站对面有个萧条的滑冰场，却是第一次来。因为门口的招牌锈迹斑斑，入口处又总是一片昏暗死寂，我以为这里早已关门大吉。

椭圆形的滑冰场并不特别宽敞，周围除了一圈水泥长凳环绕以外再无其他装饰。这里没有茶室，没有礼品店，也找不到身穿华服的花样滑冰选手。天花板上暴露出黑漆漆的钢筋，灯光昏暗得让人心里没底，墙壁上到处贴着马戏团巡回演出、花市开放以及幼儿园义卖会举行的通告——都是过期的。

"来，先要借鞋。你穿多大的？"

彰熟门熟路地把我拖到柜台前。

"36 码。"

"那么，一双 36 码，一双 44 码，谢谢。"

女服务员一言不发，咚的一声在柜台上放下两双鞋。彰的鞋码和弘之的一样。

一站到冰上立刻就失去了平衡，我赶紧抓住扶手。扶手又黑又亮，不知道被多少人掌心的油脂浸润过。

"你真是第一次滑冰啊？"

彰抛下我自顾自地滑了起来。他滑得真好，就像真正的花样溜冰选手一样。身体半屈，双腿交错滑行，时而斜过冰刀急转，时而飘逸地转身，朝着另一个方向滑去。周身未见一分用力，头发却是急速地飞扬。

还是只有我们两个人，冰刀滑过冰面的声音很好听。

"嫂子，到中间来啊！一直抓着栏杆，再久都滑不好的。"

他在对面叫我。被寒气包围的声音弹在天花板上，形成了好几重的回声。

我尝试着前行，却并不能如意。我的脚无法随心所欲，只能慢吞吞地挪动，双手怎么摆都无法保持平衡。

"大胆地把身体往前倾，脚就会自然跟着往前了。看，就是这样。"

彰做起了示范，他故意很夸张地单脚滑行，却没有摔倒。

他穿着在太平间第一次见面时穿过的衣服，旧的灯芯绒裤和起满毛球的黑色毛衣。在冰上显得尤为白皙，松散的头发不时遮住他的侧脸。

为什么我会这么难堪地站在这个滑冰场里？彰绕着滑冰场顺时针滑了好几圈，看起来很开心。客人陆续进场，音乐不知不觉已经响起——似乎是很久之前的某首电影配乐。没有人孤身只影，大家都和自己的恋人、父亲或者朋友手拉着手。我，无可救药地迷失在这个不合时宜的地方。

弘之也来过这里吗？穿着44码的鞋，把入场券的副券放进口袋，握着这根扶手。

"站着多无聊啊，我们去那边！"

彰滑到我身边，气喘吁吁地说。

"我不是来享受的。"我说，"我已经快乐不起来了。"

我别过脸，鞋尖踢在有机玻璃板上，发出的响声大得超过自己的想象。正要退场，彰按住了我的肩。

"这样就太悲伤了，嫂子。"

他呼出的气息是白色的。

他就这么拉住我的手臂，带着我离开扶手。动作并不强势，我的身体却自然地被带动了起来。

"脚再用力，对，就这样。"

为免摔跤，我不得不用力握住彰的手。我一直摇摇晃晃，他一直稳如泰山。人们接二连三地从我们身边滑过。

"再加一点速度，重心往前移。看，不是成功了吗？第一次能这样，已经很棒了！"

我们一起绕着滑冰场滑。他一直都在表扬我，看我要撞到别人时，就轻轻地把我带往没人的地方。虽然只是手拉着手，但我似乎已经将全身的力气交付于他了。

滑冰场上有个将绒线帽遮到额头的小男孩，也有靠着扶手娓娓而谈的情侣。一个女学生惊叫着摔倒了，好几个人看到后笑着起哄。

我明明已经下定决心，不能因为看到彰的表情以及动作就想起弘之。但唯有味道，是不能控制的。彰和弘之有着一样的味道。

其实之前我也有察觉，却逃避不想承认。

闭上眼睛闻着那味道，我以为弘之又站在了眼前，恍然睁眼后因为失落而倍加痛苦。确切地说，它并不明晰如味道，它只在瞬间抚过心头，是更为朦胧的气息。微暖，静谧，有点像树木的清香。当我们并肩而行他忽然凝望我时，当他为我整理被风吹乱的头发时，当我的耳朵贴在他裸露的胸膛时，我无数次地记住了这个气息。

彰的滑冰鞋挂起的冰溅到我的脚踝处，我们的肩和手腕不时地碰到一起，黑色的毛衣擦过我的脸。我无法欺骗自己，那是和弘之一样的味道。

"你滑得很好呢。"

我一边继续滑，一边说。

"因为小时候路奇教过我。"

彰回答。

"诶?"

"滑冰是路奇的拿手好戏。算术得了满分也好,作文得了金奖也好,他一点都不觉得自豪,只有和我去滑冰场玩时,他会非常得意。明明没人教过,他却能转能跳的。路奇一滑,大家都会发出'哇哦'的感叹声,连我也跟着得意。大家渐渐地聚集过来,等回过神时我们已经在滑冰场的中央了。在那里,他就像专业滑冰手一样,沐浴在聚光灯下,不断滑动。"

他抓紧握着我的手,快速地转过滑冰场一角。

"那么,髋关节脱臼是假的?"

"嗯。"

他沉默了一会才回答。

"不过,和双亲掉在水塘里溺亡相比,倒也不算太大的谎话。"

的确如此,在弘之编写的故事里,这只不过是不起眼的一行。

"从家骑自行车大约二十分钟的地方,有一个滑冰场。就在驾校的隔壁,很小。但即使在夏天,也会照常营业。和这里的气氛很像,比如墙壁的颜色啦,灯光的亮度啦,还有冰的硬度。我们攒下零花钱，每个月会瞒着爸妈偷偷去一两次。"

"为什么要瞒着?"

"老妈很讨厌一切寒冷的地方，说会感冒不许我们去。老爸就一句话，'滑冰场那种地方是不良少年才去的'。不过，他对所有的事都是这态度。"

"很严格的家庭啊。"

"可以这么说吧。路奇只对滑冰绝不肯让步，再怎么被禁止，他也会瞒着爸妈偷偷地滑。而且，一定会带着我一起去。我们提心吊胆怕被发现，还偷偷用吹风机吹干湿掉的裤子。我最喜欢的，就是在滑冰场里的路奇了。"

"所以，也瞒着我啊。"

"什么意思?"

"滑冰，就是要偷偷干的事情，他已经习惯这点了。"

我松开彰的手，把身体靠在扶手上。因为太冷，感觉胸口有些抽痛。

"你最喜欢的路奇，他一次都没向我展示过。"

彰挠了挠散乱的头发，长长地叹了口气。他的耳朵通红，我知道他也冻到了。

"再滑一圈，好吗? 拜托了。"

他开玩笑地做出邀请跳舞时的动作，恭恭敬敬地向我伸出了手。

"你第一次遇见哥哥，是怎么想的?"

"这个啊……"

我装模作样地晃了晃纸杯里的咖啡，慢条斯理地喝了一口。

其实立刻就能回答这个问题的，我不可能忘记那一天的事。

"你可不要觉得我奇怪哦!"

彰点了点头。

"我觉得自己是被选中的那个人。"

从刚才开始，滑冰场里的客人便没有再增加。借鞋处的服务员还在发着愣，看上去心情不好的样子。坐在水泥长凳上比在冰上还要冷，彰直直地望着我，想要听我接着说下去。

"能够和这个人相遇，我一定是被老天特别选中的人。我是这么想的……很奇怪吧?"

我把纸杯放在长凳下，双脚换了个姿势。滑冰鞋穿不太惯，脱了以后脚尖有些麻。

大约三年前，我为女性杂志的香水特集去工坊做采访。当时，弘之正在调香室里。他身穿长过膝盖的白大褂，一会儿坐在工作台前，一会儿把小瓶里的东西放在天平上，一会儿把细长的纸片浸湿后放到鼻前，一会儿在笔记上写下数字。

我在沙发上向玲子老师问话，他还是继续埋头工作，没有看过我们，也不曾过来搭话。那时，我不知道那里是调香室，以为装了什么特殊的玻璃，所以里面的人听不到外界的声音，也看不见外面的事物。从一开始，弘之就在非常遥远的地方。

之后，为了核对样稿我再次拜访工坊。玲子老师外出了，只有弘之一人留守。

"这里要换张照片。还有这里，不是'香草水'，是'香水草'，它提取自天芥菜，闻起来很有异国情调。"

指出两三个错误后，弘之把样稿放在桌上，一直抿着嘴，仿佛再也不打算主动说话了。像是"老师很快就要回来了"、"杂志什么时候发行"、"好热啊"这些，他都没有说。

那是我有生以来第一次体会到那种沉默。绝不是拒人于千里之外，而是不必勉强去寻找话题的那种沉默，明明静寂无声却让人感觉清溪流过鼓膜深处令人愉悦的那种沉默。

他的身体是不是被包裹在特殊的玻璃中？在他的身边，我无须多言；在他的沉默中，我亦能沉淀。

"能把那个香纸条给我闻闻吗？"

我能感到自己的声音正被吸到玻璃当中。

"你是说试香纸吗？当然可以。"

从他嘴里蹦出的是我不知道的美丽词语。他递了一张试香纸给我。我感觉自己的鼻子从未如此灵敏过，仿佛全身的血液都涌上了鼻黏膜。因为太过紧张，甚至有点痛。

他的手就在眼前。其实，我想闻的不是试香纸，而是他的手。

"那么，辛苦你了。"

告别的时候他这么对我说。

"如果不打扰的话，改日还能再来请教吗？"

如果就这样说再见，一切就告终结。我害怕得不知如何是好，他沉默地点了点头。

工坊的大门阖上。

他的身影一消失，包围我的空气的颜色、温度甚至触感都不一样了。我伫立在公寓的过道上，不住眨眼。确实，他不在，就像一开始就不曾存在一样地消失了踪影。那里只剩无尽的空洞。我试着摸了摸大门，却是徒劳。

从相遇的时候开始，我就知道有他的世界和没有他的世界，差别巨大。

"一点也不怪。"

彰捏扁空纸杯，扔向垃圾桶。纸杯碰到垃圾桶的边缘，完美地落入其中。

"嫂子说的一点儿都没错。"

他托着下巴俯视滑冰场。长凳下散落着口香糖的包装纸，空果汁罐以及和弘之那张一样的入场券。背景音乐的音量越来越大，速度也越来越快了。

"不管哪个滑冰场，都有这样的味道吗？湖面吹过一阵透明的风，水面唰地恢复平静，在这一瞬间四周仿佛被冻住了——像这种味道。"

"我刚才也在思考同样的问题。"

我们的声音很快被淹没在周围的喧闹声里。

"我和路奇一起去过的滑冰场，味道和这里的一样。"

弘之来这里，是为了寻求制作香水的灵感，还是来缅怀逝去的孩提时代？为什么不带我一起来呢？

"叔叔。"

忽然,从滑冰场传来了声音。是个六岁左右的小女孩,头上扎着蓬松的白色蝴蝶结,穿着格子长裤,颈上挂着一副麻花棒针编织成的粉红色毛线手套。

"叔叔,你蒙上眼睛滑嘛!"

彰放下手,眼神求助似的在我与少女之间来回,仿佛在问这是怎么回事。女孩抓着扶手,却似乎一刻都不愿消停,不住地用滑冰鞋画着"8"字。

"小姑娘,你很厉害呢。经常来吗?"

我试着问她。

"谢谢,我每天都来滑哦。"

她的口吻像大人似的,脸红扑扑的,刘海因为汗水贴在了额头上。

"下一次要闭着眼睛滑哦,约好了!"

女孩向彰挥挥手滑远了,粉红色的手套一直晃晃荡荡地摇摆着。

四

　　弘之的鼻子形状很美，与他卓越的嗅觉完美匹配。它并不只是高挺这么简单，比例平衡，很有气质，鼻梁骨高高隆起，皮肤紧致光滑，光线在鼻翼处投下表情丰富的阴影。

　　"为什么上帝会授予人类如此美好的器官呢?"

　　我喜欢在床上凝视他的鼻子。将手放在他的锁骨上，一边用唇触碰他的肩，一边抬起视线。那正是最妙的角度。

　　"每次看见长颈鹿，我也会有同样的想法。为什么上帝会创造出这么长的头颈呢?"

　　弘之说。于是，两个人都扑哧笑了。

和弘之第一次约会那天，他迟到了一个半小时。我们约好在车站前的咖啡店见面，然后一起去自然博物馆。一开始的一小时，我觉得自己果然被他嫌弃了，被他用这样的方式来拒绝。接下去的三十分钟里，我满脑子都在想他是不是已经不在这个世界上了——这个念头反而更令人难受。在人行道上被车撞了，司机逃逸；在月台上被人推了下去；蛛网膜下出血，瘫倒在地；被路过的歹徒刺伤……各种想象，各种惨况，而其中必然会出现的一个细节便是他的鼻子变成了一摊血肉。我认定，当他死去时，他鼻子的美好形状也将不复存在。

忍无可忍，我从椅子上站起身往月台走去。正想要买回程的车票时，弘之从身后拍了拍我的肩膀。

迟到的理由是什么？我已经忘了。只记得他彬彬有礼地向我道歉，就仿佛从调香室玻璃那一侧用双手轻轻奉上歉意一般。

"我赶到咖啡店的时候你已经走了，我想你大概是来车站了，于是就追了过来。"

"为什么你觉得还能赶上我？"

"收银台还留有你的味道，所以我想你大概还没走远。"

"我的味道？你能闻到？"

"当然啊。"

即使我不在他的眼前，他也能找到我。这是何等的幸福。

太平间里，弘之的鼻子完好无损，看上去就好像唯有它还没死去。

自然博物馆里有猛犸象的展览单间，等身大小的猛犸象母子屹立在草丛间。弘之摁下按钮，母猛犸象一边叫着一边扇动耳朵，而小猛犸象把身体蹭向母亲仿佛在撒娇，它的玻璃眼珠还会转动。不知本来就应该如此，还是清理工作不到位，覆盖在它们身上的毛满是灰尘，看起来就像是旧拖把。这间房间里散发出冰河时代的气味，是由玲子老师调制的。

"你也帮忙了吗？"

弘之摇了摇头。

"调香是非常私密的工作，我没有忙可以帮。"

"具体流程是怎么样的？完全不懂呢。"

"先要调查猛犸象的毛以及皮肤组织、生活时期的土壤成分、周边的植物等等，然后才能开始调制。要将香味的信息与冰河时代的意象完美地结合起来。"

"可是，花了这么多工夫，我并没有闻到太明显的味道。"

"是吗?"

他又一次摁下按钮。仔细一看，猛犸象屁股那里的毛已经磨损，露出了里层的钢丝。它的叫声嘶哑而哀伤。

"你身上果然还是写文章的人的味道。"

"不好闻?"

"不，正相反。基调是纸，写得密密麻麻的笔记本，保管在藏书室一角的厚重资料，午后门可罗雀的书店，再加上一点铅笔芯与橡皮的味道。"

"第一次见面，你就能知道对方的职业吗?"

"看情况。有时候只是在电车上碰到，就能知道他早饭吃了什么，还有刚才大概在什么样的地方。她今天早上吃的是抹了番茄酱的荷包蛋，这个大叔在桑拿房里混了通宵——差不多这个样子。"

"简直就像是预言家。"

"并不是预言家哦，我不能预测未来。不论什么时候，香味都是存在于过去的。"

小猛犸象又转动着玻璃眼珠望着我。它们不知疲倦，一次次地发出相同的叫声。

星期一的早上，我又独自去了一次滑冰场。还没到开场时间，售票处一个人都没有，但入口处开着门，所以我就默默地进去了。

一台整冰车正绕着滑冰场开动。为了避免遗漏，它绕了无数个圈，看起来就像是一只四方形的动物正低头陷入思索。

灯只亮了一半，脚边一片昏暗。不时有风吹进来，入口处的门嘎嘎作响。这次，我没有忘记裹上围巾。

"十点才能开始滑。"

正在清理长椅的老人说。

"不好意思，我不是来滑冰的，散着步刚好路过。因为门开着才进来的……我这就出去。"

我慌忙起身说道。

"没事，没事。你慢慢待着吧，我不是来赶你走的。"

老人用破破烂烂的抹布擦拭长椅。虽然用那样的东西擦反而会更脏，他却很专心地埋头于自己的活计。

"咦，你不是昨天和路奇一起来的人吗？"

他像是突然注意到，停下了手。

"路奇？"

是的，这个人的确是这么说的，他用了我和弘之之间的秘密暗号。

我很清楚自己心跳加速，觉得必须说些什么，但嘴唇不断颤抖，没法好好说话。我重新裹紧了围巾。

"不，昨天一起来的并不是他。"

"真的？好奇怪呢。我只是从办公室那边看到一眼，但那绝对是路奇啊。因为是第一次带人来，我还愣了愣。你们两个正好就坐在这块儿吧？最近他都没有来，我还担心呢。"

"那是路奇的弟弟。"

"弟弟？啊，是吗，难怪我搞错了。"

"但是，他们一点都不像……"

"没那回事，不是一模一样嘛。"

老人把湿手在工作裤两侧擦了擦。他的头发已经秃了一半，嘴边盖着一层花白的胡子。

"您知道路奇吗？"

我问他。

"嗯，是我的朋友。"

他很干脆地回答。

"他经常来这里吗？"

"是啊，一个月两三次吧。周末来得比较多，星期五晚上啦，星期日下午啦。"

"一个人吗?"

"总是一个人。"

"他来这里到底做什么啊?"

"当然是来滑冰啊，小姑娘。这里是滑冰场。"

老人抽动着胡子笑了。因为围巾的关系我感觉喉咙有点难受，却一点没挡住寒气，还是很冷。

"不过，路奇和普通的客人稍微有些不一样，他是滑冰场的艺人。"

我没反应过来"艺人"这个词的意思。为了平静下来，我把手从大衣口袋里抽出，放在嘴边呵气。

"一开始也只是普通的滑冰，但他还会杂技滑冰，渐渐地有了名气。然后，在我们老板的许可下，杂技滑冰成了这里的表演项目。路奇可以在他高兴的时候来滑冰，表演十五分钟左右的杂技，并从客人那收取小费，这其中的两成给老板当作场地费。评价很好哪! 有很多客人是为了路奇才来的。他不只是滑冰厉害，表情也很可爱，能说会道，惹人喜欢。也不知道他的职业是什么，是销售或者新人演员之类的吗?"

"不，不是的……杂技滑冰到底是什么？"

"小姑娘，你和他弟弟那么要好，对路奇倒是一点也不了解啊。前空翻后空翻算是简单的；把两三张椅子叠在一起，从摇摇晃晃的地方跃过去，像跳箱一样；手上一边转盘子，一边旋转。最受欢迎的，是请一个客人用喷漆在冰面上喷出喜欢的图案，然后路奇蒙上眼沿着图案单腿滑行，要求不能脱离图案的范围。"

老人自豪地说。

"这种事能办到吗？"

"能，能办到。有客人觉得好玩会故意画很复杂的图案，就是那种弯弯曲曲扭来扭去的图案。这种情况，路奇就会静静地取下手表，递给附近的客人说：'不好意思，只要给我三十秒的时间，可以吗？在这三十秒里，我要把这个图形烙在眼底。'之后，他就双手叉腰，收紧下巴专心地凝视着图案。这三十秒，使得客人的好奇心愈加高涨。然后，时间终于到了。他从口袋里取出领巾，递给围观的人里最美的女性请她为自己蒙上眼。他说：'小姐，能拜托你吗？'声音就像阿兰·德龙一样低沉性感。这个杂技滑冰我看过好多次，连三厘米的误差都没有过。太厉害了！刚开始我以为他就是个招摇撞骗的，结果不是。路奇是真的能滑。他可以当场把图形记在脑子里，然后在冰上准确地再现。观众们哇地发出惊叹，鼓掌喝彩。路奇摘下眼罩，不动声色地行了礼，滑到刚才帮他蒙上领巾的女性面前，在她的手背上轻吻。就像是对待公主一样，十分温柔。简直像画一样，毕竟是帅哥嘛。"

老人毫不吝啬地使用着"路奇"这个称呼，在自己被抹布弄湿的手上模仿轻吻的样子。我凝视着桶里混浊的水。

"别以为这样就算完了哦，路奇还有一个绝招。在最后，客人们会往棒球帽里投小费。他只要看一秒或者两秒收到的钱，就能估算出一共有多少金额。金额并不是很大，也就有个四五千日元吧。但是，里面既有十日元的硬币，也有一千日元的纸钞，还会有人在对折的纸钞里藏一枚硬币。每次他都不会错，连一日元都不会弄错。这时，客人会再次鼓掌喝彩，有些慷慨的会再投第二轮小费。"

没有错，我确信这就是路奇。他没有计算这个概念，对他而言，数字就像是风景一样。当他做起加法或者乘法时，自然得就像仰望横穿天空的鸟儿或者观赏路边的花朵一样。

"话说回来，他的冰刀技巧真是令人着迷啊。我在滑冰场工作了那么多年，很少见到滑得像他那么好的人……啊，我说得太多了，现在可不是偷懒的时候。你慢慢散步吧，离开场还有一会儿。"

"谢谢您。"

我向他致谢。

"这有什么好谢的，再见啦。"

老人露出不好意思的笑容，从长椅下方拾起一张巧克力的包装锡纸。我正想要开口继续问，他却拎起了水桶，像是为了阻止我的话语，朝着办公室的方向走去了。大概是水桶太重，他的脚步显得有些疲累。

路奇在这里滑冰。他被不认识的人们包围着，沐浴在好奇的视线下，沉浸在掌声与欢呼声中。

我靠在扶手上，望着无人的滑冰场。不知什么时候，整冰车已经开走了，刚打磨好的冰面悄然无声。

是缺钱吗？这不可能。我自由撰稿的收入加上他的工资已经足够生活，我们也不买奢侈品，也不需要奢侈品。再说，至多不过数千日元的私房钱到底能有何用？我摇摇头，啃着指尖。指尖已经冻得完全失去了知觉。

我拼命地想象他在滑冰场里的身姿。

　　路奇暗暗记下冰上的图案——说不定就和他在调香室里闻香的样子相似吧，眼睛眨也不眨，全神贯注，潜入到我所无法触及的意识深处。

　　然后，路奇选出最漂亮的女孩，从口袋中取出没有一丝皱褶的干净的丝绸领巾——它就折好收在衣柜左边的抽屉里，女孩腼腆地把领巾三折后蒙住了他的眼睛。为了让女孩的手能够到，路奇应该还弯下了身吧。两个人的脸挨得很近，可以感受到彼此的呼吸。女孩的手触到了他的头发。

　　终于开始在图案上滑行了。44 码的旧滑冰鞋裹住他柔韧的脚踝，看起来就好像是定制的高级货。

　　路奇的脚踝，我看过吗？一定看过很多次。早上他穿袜子时，帮他修剪趾甲时，还有在床上缠绵时……然而，我记不起它具体的样子了。

　　路奇双手保持平衡，谨慎地变换着冰刀的角度。绝不能滑出去，就像没有什么能违背他定下的分类法一样，就像没有哪种香料会在他的调控下出错一样。

　　只有冰刀划过冰面的声音。观众屏息静气，控制不住地轻呼出声。他毫不动摇，紧抿双唇，挺起胸腔，平静地沿着喷漆的痕迹前进。扎在脑后的领巾结微微晃动。最终，冰刀到达了终点。

路奇竟然会期待他人的注目?! 为此，他将自己的身体作为观赏物，对人讨好地笑，甚至演戏一般轻吻女人。这简直难以相信。

我转身背对滑冰场，闭上了眼睛。眼皮好像都冻住了。路奇总是闷在调香室的玻璃后，能够进入他的世界的，明明只有我一个人。

"哎，哎!"

有人在叫我。

"我说'哎'。"

稚气的撒娇声。我转过身，是昨天见过的小女孩。她的脖子上还是挂着粉红色的手套。

"今天没和叔叔一起来吗?"

她穿着滑冰鞋，喘着气，看起来已经滑了一两圈。

"嗯。"

我点头。

"什么呀。"

她有些遗憾地嘟哝了一声，用冰刀尖划着冰面。

"下次再表演蒙眼滑冰的时候，一定要让我用喷漆画画哦。你帮我去拜托他好吗? 一定哦，说好了哦!"

小女孩从扶手那边探过身来，反复强调了好几次。

"知道了，我会转告的。"

我回答她。

五

在布拉格第二天的早晨，到旅馆来接我的还是捷涅克。他穿着和昨晚相同的皮夹克，靠在前台柜子边，摆弄着UNICEF①的募捐箱。看到我后，嘴角扬起了一个笑容。

"懂日语的导游……"

为保险起见，我还是问了一句，但果然没有任何进展。

在柜台内侧的旅馆老板娘说了些什么，捷克语中夹杂着英语单词，我听不懂。

接着，捷涅克也委婉地开了口。但接下去就是一片沉默。他又用手指无意识地抚摸着募捐箱，老板娘的视线在我和他之间来来回回。

旅馆前的马路上停着黄色的垃圾回收车。隔壁似乎是餐馆的后门，厨师正在往里搬运蔬菜。狭小的前台照不到太阳，到了早上光线还是很暗。

"好吧，那这么干吧!"

我想老板娘说的大概是这个意思，因为她忽然打开了一张足足覆盖柜台台面大小的布拉格市内地图。地图正中流淌的是沃尔塔瓦河，左侧是延绵的森林。折痕处有些磨损，到处都是用红色铅笔画的圆圈以及标注。

她抓着我的食指在地图上指了好几个地方。布拉格城、黄金小巷、华伦斯坦宫、洛雷塔教堂、斯美塔那博物馆、旧犹太人公墓、火药塔……

"有这个就没问题了，只要用手指点一下，不管是哪里他都能带你去。"

她频频点头，折起地图要交给我。

"不是的，我不是来观光的。我的恋人十五年前可能来过布拉格，我是来调查他的事情的，想知道在他逗留的十天里，他是如何度过的，还有没有人记得他……"

老板娘似乎以为我在客气，硬是把地图塞到了我包包的口袋里。她抚摸着我的手，像是在说"没事的，没事的"。捷涅克依旧客气地站着。

今早起床的时候，我想过如果不能来一个像样的导游，就去投诉切得克旅行社，不过这个想法已经渐渐淡去。自己一直在絮絮叨叨，然而他们听不懂，不可能理解我，这不是更为滑稽吗？忽然觉得，为了追寻弘之的幻影穿越千山万水来到这里，可能也不过是为了给自己找个借口吧。

"好，我明白了。那就收下了，谢谢您。"

我把地图仔细收进包里，老板娘笑得一脸满足。

能够证明十六岁的弘之曾经代表日本高中生被邀请去捷克的证据，几乎已经不复存在了。我和彰一起在他老家找了个遍，也没有什么收获。那时，彰还在上小学，而且还和父亲一起留守在家，对那段记忆已经甚为模糊。与弘之同行的是他们的母亲，但母亲现在患了精神方面的疾病，已经无法用准确的语言来描述自己的记忆了。

"我想去图书馆。"汽车停在旧城广场，走过去的路上我对捷涅克说道，"图书馆哦，懂吗？"

捷涅克指了指包里的地图望着我，好像在说"用这个不就好了吗"。

"我不知道确切的地点，所以有点费劲。国立的，市立的，或是大学图书馆都可以。只要是有很多书、杂志以及报纸的地方，大家可以在那里自由地读书、查找资料。知道吧？我想你也去过的吧？"

广场上有很多人了。咖啡馆的露台已经开放，鸽子在客人的脚边啄着面包屑。在扬·胡斯的雕像前，一群年轻人正坐在台座前的楼梯上发呆，是在等人吗？朝阳照在了旧城市政厅的天文钟上，对面的泰恩教堂伫立于阴影里。我们斜穿过朝阳与影子的交界线，钻进了小货车里。

"带我去这种地方，看，就是像这样，书成排放在书架上的地方。"

我拿起手边的旅行指南，仿效书放在书架上的样子。

"Ah! Ano, ano!"①

捷涅克似乎因为能够理解我的话而欢天喜地，他点了点头，轻轻地转动方向盘。

小货车颠簸着开过石子路，入眼的是一个又一个教堂。每一个教堂都有一座塔，塔的形状迥异，大多发霉发黑了，

_____

① 捷克语，"啊，是，是！"的意思。

却不损其轮廓之美。一般都刻有雕饰，再小的塔也绝不偷工减料。这里，几乎包含了这个世界上能想到的各种形状的塔。

天空没有一丝云彩，湛蓝色一直延续到远方，昨晚有些潮湿的空气早已干爽。

有轨电车从旁超过了我们。我们穿过凿成拱形的建筑，绕过拥挤的十字路口，又钻过铁路的高架桥，再沿着河岸往前开了一阵，过了一座桥。这时，左手边可以看见查理大桥。或许因为还早，游览船仍停泊在岸边。天色已经大亮，光线很好，水面却仍像磨砂玻璃般一点都不通透，无法望穿河底。水流看似平静，但我在车里也能听到河水撞在桥墩上激起的浪花声。

弘之也听过这个声音吗？思及此，风景的触感便完全变了。塔的轮廓、天空的湛蓝、河水的流动，都从我的指尖远去了。

旅途漫漫，因为弘之不在而产生的空洞依旧在那里。我凝神不动，屏息静气，任由无尽的失落如水一般将自己淹没。

为了让自己平静下来，我把脸贴在了窗玻璃上，垂下眼帘。玻璃很冷。我还没有找到办法来应对悲伤的爆发，有时会想不顾周围人的惊讶而大声呐喊，有时候会想往自己的胸口插上一把刀。我以为呐喊声或者鲜血，大概能够填补这个空洞，但其实没有任何作用。对此，我很清楚。

外在的我正在抽泣，内在的我却只是迷惘地伫立在空洞的边缘。

"莉莉，莉莉。"

捷涅克说。

"莉莉，莉莉。"

我发现他是在喊我。不知不觉间，车已经停下。

我们登上缓坡，看见了一座很大的建筑物。它有着乳白色的墙壁和绛紫色的屋顶。没有人影，周围被绿色环绕，小鸟的啼鸣声不绝于耳。

"来，请进。"

捷涅克握住门把手便轻易地打开了三米高的大门。这里是斯特拉霍夫修道院的图书馆。

我朝里张望。密密麻麻的书直接从一楼堆到二楼，旧纸张的味道扑鼻而来。我犹豫着，捷涅克温柔地把手贴在我的背上。

每走一步，拼接地板便嘎嘎作响，沉滞的空气缠绕在我的脚边。这里的书一般是猪皮封面，歪歪斜斜地紧紧靠在一起。事实上，有些书的书脊快要脱落，有些书的装订线已经裂开，一半的书因长期浸染了读者手上的油垢与灰尘而发黑，无法分辨书名。

书架镶着金色的边，天花板上装饰着壁画。烛台造型的吊灯发出微弱的光，阳光透过朦胧的玻璃窗，却照不到我们身上。

的确，这里正如我说的那样有着成排成排的书，却不是我所寻求的那种图书馆。但我无法立刻离开，因为捷涅克正小心地站在我身后，仿佛怕惊扰了我要办的重要事情。而且，我想起了弘之在软盘里留下的话。封闭的藏书室，染尘的微光。是的，他是这么写的。

这里有那么多的书，却只有我们两个人。书本无穷无尽，却再也不会被人触摸，再也不会被人翻开。侧耳倾听，仿佛可以听到书本沉睡时的呼吸声。

我缓步前行，不打扰久积而成的时间层。捷涅克不时地从一旁偷窥我的侧脸，似乎在担心我是否满意。

到处都摆着地球仪和天文仪，到处都挂着不知道什么动物的皮。在深处一个角落里，似乎展示着标本，犰狳、龙虾、鲇鱼、鳄鱼、海星、蚕……尽是些看起来令人不舒服的东西。墙上挂着一个奇怪标本，不知是鸟类还是鱼类，头很小，嘴唇坚硬，眼睛成了黑色的空洞，身体是扭曲的四方形，全身都长着瘤。看上去，它像被某种狂暴的贝类寄生了，又像是得了什么病眼球爆裂开了。总之，是经历了无尽的痛苦才得以解脱的。

说不定，在这里的某一本书，在这片昏暗的书架上正逐渐腐朽开去的某本书上，记载了弘之死去的理由。只是，那一页再也不会有人翻阅，它如化石一般长眠。

从图书馆出来后我不由得做起了深呼吸，因为觉得刚才在里面似乎一直不曾呼吸。而跟着的捷涅克也伸了伸懒腰。

修道院的后院阳光普照。这里只有修剪齐整的常绿树、草坪和长椅，视野却很棒。绿色一直平缓地延绵开去，彼端是一片城镇。风景一览无遗，城镇的尽头与天连成一线。

初夏，风还带着点凉意，我在长椅上坐下。从高处向下望去，塔的形状更醒目了，它们将天空切割成了各种形状。屋顶全是红褐色，有情侣漫步在山脚的小路上。忽然，鸟儿自林间飞出，划过我的眼前。

弘之真的来过布拉格吗？窝在狭小的座位上，乘坐好几个小时的飞机，他真的来过这里吗？

我不曾和弘之一起旅行过。那种当日来回的海水浴没有过，自己开车欣赏红叶也没有过。因为，他患有非常严重的交通工具恐惧症。

弘之走着去香水工坊上班，约会一般选择附近的公园、电影院以及植物园。有时候路稍微远一点，我坐电车去，他必定还是步行。五站路的距离，对他来说是小菜一碟。

刚开始，我并不知道这一点。明明早上起得很早，步行了两个多小时，他也不会出汗或者显出疲惫的样子，飒爽出现的风采仿佛刚刚才下电车。当我心血来潮想在公园划船或因为乏累想搭出租车时，他总能以自然且恰当的理由回避。

开始交往后，我送他的第一份生日礼物是塞斯纳①的夜间飞行游览券。为了给他一个惊喜，一直到生日当天才拿出来。

"碰巧去这家航空公司采访，他们告诉我有非常浪漫的观光飞行——可以乘坐塞斯纳的飞机俯瞰夜景，之后还能吃到法国大餐。对了，还有豪华轿车接送哦。现在应该已经开到附近来接我们了吧。"

---

① 塞斯纳，美国的小型飞机制造公司的名称，也指这种小型飞机。

豪华轿车停在我当时居住的寒碜公寓前，熊一般庞大的车身乌黑闪亮，直接占满道路。戴着手套的司机有些夸张地行了个礼。附近的孩子们从没见识过这种高级车，纷纷凑过来看。公寓里的住客也从窗户往外张望。有的孩子忍不住想要伸手摸摸车身，被司机赶走了。

弘之的表情有些僵硬，我想那一定是因为吃惊。他只是沉默地站在玄关，可能是因为豪华轿车过于高调，有些不好意思吧。

"不用担心哦。因为采访的关系，他们给了我员工价，不贵的。"

司机打开车门，手握把手弯下腰，静静地等候我们上车。孩子们趁此机会往车窗里面张望，或对着后视镜照自己的脸。

"快走吧。"

我催促着，弘之迈出了一只脚想要上车。就在这个瞬间，他忽然呻吟着瘫倒在地。手胡乱地伸在半空像是要抓住什么，接着好似察觉到谁都不会前来救他时，又绝望地垂下头，把脸埋在了地上。孩子们齐齐地围了过来，像是在说这比豪华轿车更有意思。

"心脏病发作吗?"

"哪里疼?"

"不会是血管爆了吧?"

"他死了吗?"

他们满不在乎地说出各种可怕的话语。

最终，豪华轿车费劲地驶出狭窄的小路，上面一个乘客也没有。

"为什么不告诉我真相?"

"你特地为我准备的，我不想让你失望。"

"如果知道你的病，我就不会准备那么愚蠢的礼物。"

"我说不出口，担心被你嫌弃。一坐上任何交通工具就会陷入恐慌，如果因为这种事情让你觉得我没出息的话，会很难过的。"

"笨蛋，我怎么会因为这样就嫌弃你?"

在床上休息了一阵后，弘之渐渐缓过劲来。我握住他的手，他的指尖很冷。

"从什么时候开始的?"

"不知道，记不清了。等发现的时候就已经这样了。"

"连乘一站电车都不行?"

弘之点了点头。他看起来比平时要弱小，脸颊、胸膛、腰部、脚踝，整个身体仿佛都蔫了。他一直握着我的手不放。

"会感觉气血翻涌，喉咙像被掐住一样无法呼吸。飞机、电车不行，公共汽车、空中索道甚至旋转木马，都会让我很痛苦。"

他的眉毛旁边有擦伤，头发散发出泥土的味道。

弘之把脸贴在我的手心上，仿佛在害怕不知道什么时候又要被关进交通工具里。我静静地等着，一直到听见他睡着的呼吸声。

"哎，你也来这边吧？"

我往长椅的一边让了让，捷涅克听话地在我身旁坐下。

"天气真好。"

凑近一瞧，便发现他年轻得近乎稚气。大概才十多岁吧，身上没有一丝多余的脂肪，肩膀上全是骨头，唯有一双大大的鞋特别显眼。一和人说话就会露出羞涩的表情，为了掩饰自己的害羞还不住地眨眼。

"你家大概在哪里？河对岸，还是在山丘里看不见的地方？"

"莉莉。"

捷涅克指着正前方，大概是想告诉我旅馆的位置。

"我的名字不叫莉莉哦。凉——子——，来，跟着我练习一下。"

"莉、莉……"

他面红耳赤，像是被迫坦白喜欢的女孩子的名字。我们一起笑出声来。

这时，坡道上有两个人结伴朝着修道院的方向走来。高大的修道士和一个小女孩。小女孩踮着脚，在频频说些什么。修道士贴心地歪着头，热心地侧耳倾听。

小女孩头顶的白色丝带轻盈地飘动，稚嫩的声音传到了我们这边。她穿着格子长裤。

我忽然觉得她很像我在滑冰场遇到的那个女孩。我回过头去，想要看看她的脖子上有没有挂着粉红色的手套，但两人的身影已经消失在修道院的阴影里，再也看不见了。

六

    距离第一次去滑冰场后大概一个月，我去了弘之的老家。从新干线下车，再乘大约三十分钟的支线车就到了，在车上看到了据说是弘之父亲生前工作过的大学医院。

    彰来车站接我。这是一个普通的小镇，有着萧条的商业街、田地、派出所以及学校。濑户内海应该就在往南很近的地方，看不到，但风里有海水的气味。

    路上，我在蔬果店买了无花果，一篮正好八只。弘之离家出走那天，来的也是这家店。

    "老妈，哥哥的朋友来玩啦。"

    彰说。她不断地握住我的手，抚摸我的头发，或是用双手捧住我的脸颊，就像个失明的人想用手触摸我身体的每一处。然后，她张开双臂，紧紧地搂住了我。我从未被谁搂得如此紧过，她干瘦的手指几乎嵌进了我的背里。

"你要好好对路奇，那孩子很容易累。因为他的脑子总是在思考很难的问题哦，一般人都想不出来的深奥问题。"

她放开我，整理着衬衫前襟的褶皱说道。

"是，这是当然的。"

我回答。

这是一个消瘦得令人心疼的女性，锁骨简直要划破衬衫。虽然穿着质地高级的洋装，头发也优雅地绾起，但这份消瘦使得她无可救药地憔悴。

而最令人感到突兀的，是她浓厚的妆容。起初我还以为她脸上有痣或什么瑕疵，想借此来掩饰一番。厚厚的粉底一直从发际线抹到脖子，还扑了大量的蜜粉。整对眉毛都拔光了，又用眉笔重新描上。眼皮上有蓝、橙、紫三重眼影，唇上是黏而未干的鲜红，戴的假睫毛也已经明显过时了。

如此的浓妆掩盖了她的脸部特征，但只消一眼我便立刻感到，她和弘之长得很像。这令我不禁感伤。

我们在餐厅里吃无花果。餐厅里摆着一张细长的橡木桌，周围放了十张椅子，我犹疑着不知该坐在哪里。桌上空空荡荡，没有桌布，没有花瓶，也没有读到一半的报纸。彰把洗好的无花果放在桌子正中。我和彰各吃了一只，她则吃了六只。橱柜雕饰着气派的花纹，里面精心摆放着一些进口餐具，却似乎已经很久没有打开过了。铰链都已经严重生锈，表面的玻璃也蒙着一层灰。

除此以外，这里再没有起眼的摆设。与其说是收拾得彻底干净，倒不如说是一块块无可填补的空白散布在房间里。

"客人带来了礼物哦。"

彰说。她什么也没有回答，只是凝视着放在手掌上的无花果，像是在掂重量，又像是在等着将它焐热。

"不道谢可不行，你一个人吃得完吗?"

"嗯，当然。"

她回了一句后，便开始剥无花果的皮。她折断枝条，食指和拇指一边留意着不要弄破果皮，一边慢慢地从中间开始剥，其余的手指摆出宛如芭蕾舞者一般的优雅姿势。果汁从指尖经过手腕滴到了桌上，她却全不在意地继续剥。待确认再无一丝果皮留下后，她朝前探出头，大口大口地吃了起来。

她的血盆大口和优雅的手部动作极不协调。鲜红的唇裹住果肉，吮吸果汁，似乎不用嚼也能吃下去。确实，从她喉咙处隆起的肌肉，我知道无花果正被往下咽。她吃得那么猛，几乎咬到了自己的手指。

口红立刻就花了。每次晃头，就会有白粉从脸上扑簌而下。有些白粉落在了无花果上，她也不以为意。鼻尖渗出了油脂，粉底在她的皱纹间一点点龟裂开来。新长出的眉毛茬在粉底之下重新露出了头。转眼之间，她把六只无花果一扫而空。

离家出走的时候，弘之是怎么处理那八只无花果的？一个人全部吃光了吗？望着桌上被丢弃的果皮，我不禁暗想。

弘之出生长大的房子就在音乐学院北侧的小区尽头。沿着缓坡种植着一片精心修剪过的山茶、桂花以及石楠树篱，缓坡下是县城的主干道。嘈杂声几乎传不到这里，只有管乐声不时乘着风从学院的方向飘过来。

这个房子有些特别。日式平房旁又增建了一栋两层高的洋房，整体构成了一个歪斜的 L 形。平房的屋顶上长着青苔，屋檐下的燕巢已经裂开，檐廊被增建的洋房遮挡，太阳只能照到一半。洋房的设计颇具少女情怀，弓形的窗镶着淡蓝色的框，屋顶上装饰着假烟囱与公鸡风向仪。

两栋建筑就像被黏土强行固定住的互斥的磁石，毫无美感，硬贴在一起。相连的地方已经有裂痕，应该是修补过好几次。只有这一处，墙壁显得特别厚。

庭院虽然宽敞，但树枝恣意横生，令人无法纵览全貌。洋房前是贴着红瓦的凉棚，凉棚旁是半月形的水池，整个庭院里到处摆着石头小人。

每一处都自成一体，欠缺整体的和谐统一。凉棚的支柱上是夸张的雕刻（应该是模仿古希腊的科林斯柱），水池彻底失去了原本的面目，满是深绿色的黏糊的液体，风向仪的脚已经生锈，直直地指着西方一动不动。

石头小人的造型各不相同。有的捧着水瓶，有的颈上缠着蛇。玄关旁则是一对相拥的双胞胎少年，看起来不像是被摆在这里的，倒像是花了很长时间从地下爬出来的。它们低着头，仿佛在思考自己为何会在这里。

一开始，因为树木的遮挡我没留意到平房前的温室。温室里空空荡荡，没有洒水壶，没有小花盆。总之，没有一样东西能让人觉得这里曾经是个温室。但玻璃没有碎，支架也很结实。乱七八糟的庭院里，唯有它仿佛没有受到时间的侵蚀。不知为什么，感觉和调香室有点像。

"不好意思，因为没有别的合适的房间，得请你睡我的了。当然，床单已经洗过了，床垫也在太阳下晒过，没有问题。"

彰说。

"我睡哪里都没问题。但是，你要睡哪里？"

"路奇的房间。他的房间从他离家出走后就一直保持原样，如果嫂子觉得那里更好也可以……"

"啊，我还是借用你的房间吧。"

我想了一想才回答。那个房间里流动的是我所不知道的弘之的气息，我担心自己不能入睡。

"嗯，好的。我小时候就一直在路奇的房间里玩，已经习惯他的床，也习惯他不在了……"

彰赶紧止住，又转了个话题，仿佛自己刚才说了不该说的话："虽然还有好几个房间，但都没法住。我家很少有客人留宿，最近一次大概是二十年前堂兄过来玩的时候。"

确实，我和彰不一样，还不太习惯弘之已经不在身边。

"以前也算是有一间客房，就是那间榻榻米房，但现在被我老妈占领，没法睡人了。她把那里称为'奖杯之屋'。"

"什么意思？"

"就是那里陈列着哥哥得到的奖杯。"

"为什么会有奖杯？是在滑冰大赛赢来的吗？"

"不是啦，是数学竞赛。"

我将视线从彰身上移开，手指摁着太阳穴，试图去理解这个陌生词语的意思。手镯顺着手肘滑落下去。

"你不知道吗？"

"嗯……"

我摆弄着手镯的开口处回答。

"我以为你肯定知道。哥哥可是数学天才哦，货真价实的'别人家的小孩'。"

书柜、碗橱、餐具柜、箱子、衣橱、化妆台、电话桌、折叠桌……各种家具都被集中到了这里。我这才明白，屋子里那些不自然的空旷原来都是这样来的。也不知道它们本来收纳的物品都去了哪里，总而言之，现在全部用来陈列奖杯了。

第一次知道，原来奖杯还有如此多样的造型。大的，小的；细长的，粗矮的；有的绑着缎带，有的刻着定理；金色的，银色的；塑料的，青铜的，镀金的……真是不胜枚举。

　　这些奖杯占据着家具的里里外外，没有一丝空隙。而且门都没有关上，应该是为了方便仔细赏阅。奖杯很多，但摆得不乱，每一处细节都透露出仔细考虑了协调性后的用心与细心。在精心计算过房间的纵深后，弘之的母亲分配给每一个奖杯以最适合的地理位置。于是，纵览全局就可以看到高高低低的奖杯连成了一道美丽的曲线。没有一个奖杯被挡住，它们全都整齐地正面朝前，间隙处则被各种奖章、奖状以及照片点缀。

　　这间房间大约十六平方米大，但除了站着参观展示品的空间之外，竟再无半分留下。所有的一切，都被弘之获得的纪念品占据着。

　　"好厉害……"

　　我完全不知道自己应该从哪里开始看才好。

　　被暮色笼罩的庭院在拉门上投下了绿色的影子。彰打开了电灯开关。

　　"为什么哥哥要对这么重要的事情保密？"

　　"有那么重要吗？"

　　"因为他只会用数学来表达自己，至少，一直到他十六岁为止。路奇的人生基本都是从数学中学到的。"

　　我随手从书柜上层取下一个奖杯，奖杯底座上写着

"全国儿童算术锦标赛　冠军　篠塚弘之君（十岁）"。又轻又小，单手就能握住。奖杯被仔细打磨得又滑又亮。我小心地将它放回原处，留意着不要有偏差。

柜子上的奖杯略新。

　　西日本电视台主办　艺术·科学竞赛　数学组冠军

　　初中数学竞赛　中国地区①大赛　冠军

　　数学振兴会等级考试　特级

　　数学广播讲座锦标赛　初中组　冠军

　　……

"全都是冠军。"

"只有一次因为流感发烧到四十摄氏度的时候拿了亚军，此外全都是冠军。那次亚军的奖状和奖杯都被老妈扔进焚烧炉烧掉了。"

"世界上竟然有这么多的数学比赛？"

———————————————

① 此处指日本的中国地区，位于日本本州西端，包括鸟取、岛根、冈山、广岛和山口五县。

"是啊，令人吃惊吧？对于大多数人来说，数学并没有太大的意义，但每一天，在世界上的某个地方都举行着某场数学竞赛。"

彰轻轻地推了下我的背，防止我撞到一扇打开的化妆台门。这里的榻榻米磨损严重，因着家具的重量陷了下去。

"这个房间，全部是你母亲一个人管理的？"

"是的，哥哥离开以后这成了她唯一的慰藉。主要就是整理他的战利品，分类、展示、凝视，然后一个个抚摸过去，用脸去蹭，紧紧地抱住。这也是唯一一件她能从头到尾一气呵成的工作。"

彰的味道果然跟弘之的一样。我们安静地待在狭窄的地方，他身上的气味让我无从逃避。但他没有注意到这些，继续说道："最初和嫂子见面的时候，老妈是不是摸着你的身体，然后像是要揉碎一样紧紧地抱住你？你是不是感到惊慌失措，很不舒服？真是对不起。她每天就是这么对待奖杯的。这十多年来，奖杯是她唯一的交流对象，而且再怎么用力奖杯也不会坏。"

"没关系，我没往心里去。"

"她每个月都要重新布置一次，把这里的东西搬到那里，反正我是无法理解有什么不同。但对她而言却是一件大事，可以折腾一整天。瞧，抽屉里还藏着各种东西呢。剪报、行程表，这些自不用说，还有答题卷、会场的地图、旅馆里的浴帽、肥皂、机票、坏掉的垫子、丁点儿大的橡皮……"

抽屉分成了好几个格子，里面收着各种物品。每个物品都在自己的位置上恪尽职守，没有丝毫的偏差，就像经过药物处理的昆虫标本维持着生前的样子一样。

"有机票呢，他可以乘飞机?"

"当然啊，为了参加比赛，他和老妈两个人到处旅行。他被邀请参加欧洲的竞赛，还去过捷克斯洛伐克。"

"骗人！他不是不能乘坐交通工具的吗? 会有很严重的反应……"

"咦?"

这次轮到彰震惊了。

"所以，哥哥是离开家后回不来了吗?"

他关上抽屉，里面发出了咔嗒咔嗒的声音。

"话说回来，这里的分类做得真出色，就和弘之用的方法一样，彻底、无隙、美丽。"

"是从哥哥离开后才这样的。"

"母子两个人分开后身处异地，却都在对物品进行分类啊。"

天色渐暗，我们又在碗橱与衣橱之间静静地站了一会。

这里的东西，都曾经被弘之触摸过，我却感到很陌生。奖杯在白炽灯的映照下发出柔和的光芒，无法唤起我对少年弘之的想象，只是更加清晰地提醒了我他的死亡。

"他和我交流的时候不是用数字，而是语言，正正经经的语言。"

我说。

"嗯，我知道的。"

彰回答，他的脸有一半掩于暗处。又是那种味道，浓郁得几乎让我以为弘之正藏身于阴影的那一头。

"你们在干什么！"

忽然有声音从背后响起。

"我跟你说过多少遍了，不许随便进来的，你为什么就不听话？"

是弘之的母亲，她的嘴角兀自残留着无花果的汁液。

"不是的，妈妈。我在给客人介绍路奇有多了不起呢。"

彰慌忙辩解。

"不许碰！我今天早上才特地上油擦亮过，要是碰到手上的油脂，不就白费了吗？啊，你要怎么赔我？！"

她激动地摇着头，用手掌拍自己的大腿，看上去受了很大的刺激。消瘦的膝盖从裙摆下方露了出来。

"对不起，妈妈，瞒着你进来是我不对。我们什么地方都没有碰过，不会留下手指的油脂的。"

他搂住她的肩膀，抚摸她的头发。

"我就是想让客人知道，路奇他解决了多么难的问题，被多么厉害的大学老师赞叹过。客人也大吃一惊哦！她都不知道路奇竟然那么聪明。所以，请原谅我，拜托你了，妈妈。"

她的头自彰的胸前抬起，喘着粗气。过了好一会，她终于不再拍大腿，起身直直地盯着我说："你看到他在第十四次'毕达哥拉斯杯'全国比赛上，以史上第一个满分冠军拿到的那个奖杯了吗?"

七

我当然也留意到了弘之对数学的敏感。他每次都试图通过数学来理解事物，记得小说中喜欢的场景的页数，在浴室贴瓷砖时会运用组合定理，甚至用集合来演算小鸟们在院子里的聚会。

说到院子，我们两个人布置了一个小小的花草园。那段对话大概发生在种植迷迭香花苗的时候。

"那边的园艺店不太好，买的花苗有一半都枯了。前天我重新全换了一批，看着有一半还没扎根。照这个趋势，等全部扎根还要重新种多少次呢？"

我一边用铲子翻着土，一边说道。弘之则捡起一张广告纸，在背面飞快地写起了数学公式，还不断嘟囔："设有迷迭香 n 株，k 天后顺利成长的概率为括号 1 减去 2 的 k 次方分之一括号的 N 次方，要求的公式是西格玛 k 等于 0 到无穷大、中括号 1 减去……变数设为 x，等于 1 减去 2 的 k 次方分之一……求得的和是……"

他的嘟囔不像是说给我听的，倒像是为了说服他自己。

"可以了哦，不用算得这么精确的。"

我发现这个复杂的计算会没完没了，于是有些委婉地说道。弘之倏地停下手，望向半空。

"我去找一家更好的园艺店。"

"是啊，就这么做吧。"

弘之垂着头，像是犯了不合时宜的错误。

Σ、∞、$\int$、log……广告纸的背面净是陌生的符号。

"数学公式真美，就像是神秘的图案。"

我说。

"这不过是普通的符号。"

他飞快地把纸撕碎，揉成一团。

那次的迷迭香茁壮成长，但自从弘之死后，因为无人照顾很快就枯萎了。

还有类似的事情，比如说我们在附近的十字路口等信号灯时。

"这里总是要等。"我有些烦躁地说。

弘之当即回答:"每 7.5 秒。"

"你怎么知道?"

"因为这里的绿灯是 30 秒,红灯是 30 秒。有二分之一的概率为绿灯,不用等待。剩下的一半里,是 0 秒到 30 秒中的某个数值,取平均值 15 秒。这样子,就是 1/2×0 + 1/2×15,也就是 7.5 秒。"

实际上他并没有计算,他不过是用自己的语言在形容十字路口的日常风景而已。

"好厉害!"

我再怎么赞美,都无法令他自豪。他的脸上明明白白写着后悔,就好像在说"我又犯病了"。

"在这里等红绿灯的人中,一定只有路奇思考过平均的等待时间了。"

这时,信号灯转绿。我拉着他的手,跑过十字路口。即使撞到别人也不介意,我紧紧地、紧紧地抓着他的手,不想有任何分开的可能。似乎有一阵风自我们的脚下升起。他的手很温暖,大得可以包容我的一切。

我觉得这个世界上没有谜题,只要有弘之在,什么样的谜题他都能够为我解开。而他会死去的征兆，哪都没有。

次日，彰出门上班后，我在家独自探索。

彰的房间在二楼最深处，或许因为增建的缘故，呈一个不规则的五角形。他的床整理得干干净净，睡起来很舒服。闹钟旁竖着一个女孩的照片，大概是女朋友。录音机里是贝多芬小提琴协奏曲的磁带。三面墙上做了定制的架子，上面摆满模型屋：餐厅、古董店、动物园、乐器店、面包店、城堡，各种各样，每一个都制作精良。桌上放着进行到一半的作品，只有一只脚的椅子、还未上色的餐具以及散乱的布片（估计是要做成窗帘）。这是个隐隐飘荡着黏合剂味道的房间。

下楼后，发现起居室以及餐厅里仍残留着早餐时的咖啡香味。都说了我会收拾，彰还是把餐具全部洗得干干净净，我听到餐具烘干机的定时播报声。

主要的家具都被转移到了奖杯之屋，只剩下一张皮质沙发，起居室显得很冷清。墙上没有一幅画，屋子里找不到一张类似收银条、广告传单这类生活用单据，连一朵能填补空白的花都没有。

为了找到弘之曾经在这里生活过的确切证据，我把房间的所有地方都摸了个遍。沙发的凹陷处会不会还有他的体温？婴儿床上的污渍是不是他小时候吐奶留下的？墙上的痕迹一定是兄弟俩吵架时他乱扔玩具导致的吧？

但无论如何，一个擅长滑冰的男孩，一个轻易攻克数学难题的天才，一个闷在调香室里的男人，三人一体，这实在难以想象。我明明是想探寻他的过去，却总感觉自己是在描绘他死后的身影。在我所不了解的彼岸世界，他是不是正蒙着眼睛，滑行在手套女孩画出的图案之上？是不是数学竞赛得了满分，正在领奖台上接过气派的奖杯？

如果是这样，就能说得通了。弘之早在和我相识之前就已经死去了。

透过起居室的窗可以看到科林斯风格的凉棚。凉棚的柱子上积满了灰，雨水冲刷出一道道褐色的条纹。通草与藤蔓肆意地交缠在一起。

彰的母亲把自己关到奖杯之屋后便再没声响。那里的门框有些变形，地板会嘎吱嘎吱地响，虽然我很想再去仔细调查一番，但撞见她会很麻烦，只得暂时作罢。

玄关旁的西式房间曾是彰的父亲的书房。桌上摆着文献以及打印出来的检索卡片，钢笔滚在一边，摊开的笔记本里夹着吸墨纸，看上去就像有人刚刚在这里写东西。但仔细一瞧，却是灰尘满布。这个房间就像被关在茧中安睡的蚕一般，静静地躺在尘埃里。蚕茧完完整整，没有一丝裂痕。

书柜应该也是被发配去了奖杯之屋，书籍随意地堆在地上，基本都是医学方面的书。书堆上面突兀地放着一个小奖杯。我伸手拿起，却扬起一阵尘埃。奖杯金色的涂料已经脱落，红白色的缎带皱巴巴的，顶部是一个洋葱造型的装饰，因为螺丝松了，似乎轻松可以取下。

"第四十四届西洋兰品评会　优秀奖　农业振兴会主办"——缎带上的文字模糊不清，好不容易辨别了出来。

从这个房间可以清楚地看到空旷的温室。

我犹豫了一阵，回到二楼进入弘之的房间。房间明亮，通风，放着连书架的书桌、床以及镜子，墙纸的图案是飞机与新月，阳台的扶手上沾着鸟屎。

打开衣柜，没想到竟然还放着很多衣服——就是那种高中男生会穿的棉衬衫以及运动服。有的被随意地揉成一团，有的则长袖短袖被挂在一个衣架上。这和我所认识的弘之的衣柜完全不同，这里完全没有分类的概念。而且衣服的尺码比我知道的都小了一号，看来他离家出走以后又长个子了。

镜子前放着男士化妆品。瓶瓶罐罐上的标签已经褪色，里面的东西也已挥发完毕。插座旁扔着一只老式的吹风机，或许是用来吹干因为滑冰而弄湿的裤子的吧。

书桌的抽屉果然也未经整理，入眼的是少年特有的乱七八糟。自动铅笔笔芯、护身符、计算尺、学生手册、偶像歌手的照片、放大镜、钥匙圈、烟、英语单词卡片、汉堡店的优惠券……我轻轻地关上了抽屉。

唯有书架上的书名与少年不相称。《线性代数》《非标准解析学》《集合·位相·距离》《详解 有理级数》《欧几里得向量空间》，每一本书上都有学习过的痕迹，或用荧光笔画了线，或做了标注，或贴了标签。但是，这些笔记，我连一个字都无法理解。

床上有褶皱，虽然我知道那只是因为昨晚彰睡过，却还是控制不住地伸出手。我用手指在褶皱间寸寸游移，想要唤醒弘之曾经躺在这里留下的体温。但不管等了多久，指尖仍然冰冷。

"彰有好好给你看'毕达哥拉斯杯'的奖杯吗？"

彰的母亲嚼着三明治里的火腿问道。

"有的。"

我点头，虽然并不记得那是哪座奖杯。

"彰的毛病就是嘴上说得好听，转眼就全部忘光了。怎么样？很气派吧？因为是历届比赛以来的第一个满分，所以当时工作人员紧急做了特别版。"

她把吃到一半的火腿三明治放回盘子，又喝起了柠檬茶。和吃无花果的时候不同，此时的吃相有一种刻意的文雅。只是妆依然很浓，面包上沾满了口红。

"对了，你看过当时的答题纸吗？我给它裱了框，就放在柜子从上往下数第三个抽屉里。"

"没，很遗憾。"

"唉，彰怎么就那么不机灵？"

她抬起手却碰倒杯子，红茶洒在了桌子上。

"三个专攻整数论的大学教授花了整整两天才解决的问题，路奇只花了四个小时就做到了，而且很完美。或许你不了解，用正确的方法推导出正确的答案，是非常美妙的。没有多余的步骤，完美平衡，浑然天成。只要经过路奇的手，数学就能成为音乐，成为雕塑。"

"是的，正如您所言。"

我想起弘之撕破后丢弃的写有迷迭香花苗数学公式的广告纸。

"那么精彩的东西却不给客人看，那孩子是怎么回事？"

她吃完手中剩下的三明治，用餐巾轻拭嘴边。

"彰虽然忙于工作，但每天都这样把午餐准备好呢。真是个体贴的儿子。"

我说。

"每天都是三明治。昨天也是，今天也是，宪法纪念日也是，圣诞节也是。区别也就是莴笋变成黄瓜，黄芥末变成蛋黄酱。"

她有些腻烦地说着，又拿起最后一块送进了嘴里。似乎是假睫毛戴歪了，眼睛一直眨啊眨的。今天，她的眼影是绿色、黄色与珍珠白。

"但是，很好吃呢。"

"那孩子啊，整天就只会做模型屋。那是女孩子过家家用的吧？他这么大个男人，真是不正常。"

"彰的作品很棒哦，和真的完全一样，做得很精致。"

"所以我说，这到底有什么用？那么小的房子谁能住？"

她把餐巾揉成团，摔到了桌子中间。我噤声不语。

小鸟停在杨梅树上鸣啭，此外听不到别的声音。当海风吹过的时候，树木一齐摇晃，在温室的玻璃上投下绿色的影子。

"路奇他在做什么?"她说,"'毕达哥拉斯杯'的预赛已经临近,再不报名就来不及了。你知道他去哪了吗?"

"这个……"

我犹豫着怎么说才最适合,不由语塞。

"他出去买无花果以后就没回来。"

她用食指蘸着打翻的红茶茶水在桌上乱涂,和口红同色的指甲油使她的手指更显嶙峋。

"路奇是怎样的孩子?"

我转换话题。她抬头探出身子,脸上的表情就好像等待这个问题很久了。

"一句话,聪明的孩子。不是脑子转得快或是机灵,他是真正的、天生的聪明。才四岁就试图理解世界的构成,而且用他自己的方法哟。"

"构成?"

"嗯,是的。时间从哪里产生,又在哪里消逝?我为什么会在这里?宇宙的尽头是什么?兔子玩偶小白是从哪里来的?……他就思考这些,歪着头,满眼的不可思议。"

她的眼睛眨得更猛了,我不禁担心假睫毛会掉下来。眼线已经晕成了两个黑眼圈。

"虽然是第一次带孩子,但我立刻就知道路奇是特别的，是出生后第一次洗澡就受到了神特别庇佑的孩子。他还说过这样的话哟：如果我死了，我想回到妈妈的肚子里。"

不知不觉间，鸟儿们已经飞上了天空。邮递员骑着摩托车在前面的道路上驶过，很快又安静下来。我凝视着沉在杯底的柠檬。

"为什么他却死了呢……"

她用白衬衫的胸襟擦了擦被红茶茶水沾湿的手指。

八

全国高中生数学竞赛
冠军的头脑

于八月十二、十三日举办的为期两天的第十七届数学竞赛（日本理数科学振兴会主办），迎来了历届首位一年级冠军。

完成此壮举的篠塚弘之今年十五岁，在学校参加的社团是生物部，不擅长的科目为古文和日本史，爱看时刻表，是一个很普通的高中生。

然而在数学方面，他却能轻易解开普通高中生连题意都无法理解的难题。特别是这届比赛第二次考试出现的第四题，唯一解开这道数论题的正是篠塚君。据说，这道题甚至能难倒很多考研的同学。

"本次竞赛题的难度大约是高一水平。但是和一般的应试数学不同，它光知道知识点是无法解开的，还必须通过洞察力与想象力自己创造出一个理论。篠塚君的厉害之处，便是他对于如何确定解题方法有自己独特的一套。即使是不知道的定理，他也能够自行推导出来，自己创造出定理。他拥有的才能令人惊讶。"

这是本届评委××教授的评价。如此有实力的参赛者，想必读书相当勤奋吧。但出人意料的是，据说他并不常坐在书桌前研究数学。

"骑自行车上学的路上，还有和弟弟玩奥赛罗棋时，会突然闪过解题的头绪。但是，比起解题，还是阅读理论书所花的时间要更长。学校留的作业，利用晚上八点到十点差不多就能完成了。"

到底怎样的家庭环境能培养出这样的天才？篠塚君的父亲是大学医院的麻醉科教授，母亲原本是药剂师，如今是全职主妇，他还有个小四岁的弟弟。

"我记得他在蹒跚学步时就对日历显示出异常的兴

趣。翻过来翻过去，反反复复地看，一点也不会腻。我忙得脱不开手的时候，把日历给他就没问题了。等他会说话后，我指着院子里的朱顶红说'好漂亮的花哟'，他却回答我'有六片花瓣'，这让我很吃惊。还有上小学之前，他就已经会乘除法。不是单单会做计算，而是能够准确理解数字的相乘、相除是怎么一回事。之后，我就给他买他想要的数学书，我丈夫也会出些题给他做，并没有特地去上过补习班。我们能做的，就只是让自己别打扰到他。"

据他的母亲所说，家长从不曾强迫他去学习。而这次参加竞赛，也是希望筱塚君能够拥有在学校体验不到的经历，并且多交几个朋友。

那么，他是否以成为一个数学家为目标呢？

"不，我并没有这么决定。而且我也想学外语，对哲学也很有兴趣，还不知道将来会走哪条路。但是，我想我会一直喜欢数学的。"

说话时微微垂着头的筱塚君的脸上仍有着几分稚气。最后问他有没有女朋友时，他面红耳赤地摇了摇头。

＊　　＊　　＊　　＊

小学毕业时成绩单上的班主任评语：

　　一年来，该生待人接物冷静沉着，言行举止脚踏实地。不与他人争吵，对待同学一视同仁。学年年初，在当众回答问题时略显拘谨，但随着举手次数的增加，态度也变得积极。

　　在班级活动中负责保健项目，主要管理健康观察卡、发放健康报纸、在黑板上记录出勤缺席等工作，每项工作都完成得一丝不苟。该生能够积极地接受被他人嫌弃的工作并且坚持到底。

　　学习方面，该生的每一科成绩都很优秀，在算术上表现出的理解力与应用能力尤其出类拔萃。计算能力、对空间的理解能力、对数量的认知能力、逻辑思考能力、对新知识的探求心等方面，都无可挑剔。他并不满足于教科书，还自己给自己加量，我认为该生已经可以大致理解高中的教科书。

　　作为教师，我也是第一次接触到如此特别的学生，虽然在指导方针上也曾困惑过，但看见他在各方面都展现出才华，我也深感喜悦。

得天独厚的数学思维也对其他学科产生了好的影响，并被运用到观察动植物、理科实验、手工、社会统计分析等领域。而在诸如乐器演奏与器械运动等以长时间练习为主的科目方面，该生也能很有毅力地学习。虽然花的时间较长，但能取得相应的成绩。

在国语方面，该生有着优秀的阅读能力。他能理出纲要，划分段落，在掌握各段关系的同时对全文做出合乎逻辑的理解。感受力很强，除了数学方面的书籍外，他也经常从图书室借阅小说、传记、历史书等。

在用语言表现自我时，该生略显不自信，但这不能说是能力上的不足，更多的是性格使然。相信在今后迈入社会后，会得到改善。

综上所述，我对该生就读初中并无特别忧虑，希望他在新的导师带领下，对数学以及其他学问产生更浓厚的兴趣，希望他罕见的才能可以更好地开花结果。

特别活动方面：该生获得了县里的新年书法展铜奖、校内持久跑比赛第五名；在学习汇报演出时，参演音乐剧《美女与野兽》中的时钟一角。

* * * *

突然致信还望见谅。

前几日，偶然在杂志上看到了弘之，才知道你在数学竞赛上获得了非常了不起的奖。因为喜悦与怀念，情不自禁地提起了笔。真是可喜可贺。

自弘之从幼儿园毕业已经快十年了。在这期间，我也结婚了，三年前又因生孩子而辞职，目前在家。

杂志上刊登的照片中，虽然你垂着眼，对焦也很模糊，但我还是立刻认出了你。你和幼儿园的时候完全没有变化呢。当时你的小名叫"路奇"，现在还是这么叫吗？

那个害羞爱哭的路奇，却解开了高难度的数学题成为日本第一，连大学教师都赞叹不已，我真是大吃一惊。而同时，我也为曾在幼儿园照顾过如此优秀的孩子而感到自豪。

在刚接下你们班级时，我第一个记住的名字就是"弘之"。这并不是假话。在等入园仪式开始前，我给大家看绘本，当时你说了句"还剩三分之一"。我第一次看到懂得分数的幼儿园孩子。为保险起见，我还特地数了一下页数，真的正好是三分之一。

另外，还有石榴写生的时候，你还记得吗？画完后，大家都把石榴当点心吃了，只有你取下了全部的石榴粒，放在画纸上一粒一粒地数了起来。十粒一组，十粒一组，你一直很有耐心地数着，即使放学也毫不在意。你的母亲、园长老师还有我，我们都静静地看着你，不打扰你。然后，你终于数完了。'二百三十九粒！'你大声地说着，脸上的表情无比灿烂和喜悦。（具体的数目其实我记不清了。）

教你折纸的是我，教你单杠的也是我，如今你却在解答我们完全无从入手的难题。作为一名教师，再没有比这更高兴的事了。

今后你也要保重身体，在擅长的领域尽情地发挥。虽然身在远方，我仍祈祷你能愈加活跃。也请代我向你的父亲、母亲问好。

＊　　＊　　＊　　＊

"赞扬、赞扬，全都是赞扬。"

"烦了吗?"

"不,就是头有些晕。"

"开窗吧,老妈坚信外面的空气会腐蚀奖杯,总是关着窗。"

彰的母亲早上说头疼,服药后正在睡觉。今天是彰一个月一次的休息日。

"不会被你妈发现吧?"

"没关系,她用的镇静剂药性很强,而且还服了规定的两倍量,不睡个三小时是不会醒的。"窗户都卡住了,好不容易才打开。春天的阳光洒在庭院里,虽然没有风,但土地与绿色的气息却悄然潜入屋中。

"他是从什么时候开始参加各种竞赛的?"

我把幼儿园老师写来的信放回信封。

"唔,不清楚。总之我懂事的时候,母子俩已经开始在各地比赛了。赛程安排应该被收在什么地方了,找找吧。"

彰穿梭于家具之间的空隙,从柜子的抽屉里取出一捆赛程安排表。它们按年代远近依次排列,基本上都已经变色了,四角也有磨损。有些折痕已经破损,用透明胶重新粘上;有些豪华得就像是高级餐厅的菜单。

"最早的是'儿童节 来吧天才儿童们',是这个。日

期是昭和四十八年，呃，离现在有多少年了？我当时四岁，
所以哥哥是八岁，也就是……二十二年前。"

"你算得有点慢呢。"

"我可没路奇算得那么快。"

"你没有遗传到吗？"

"才不是遗传，哥哥是基因突变。而我在店里，还因为
总是搞错找零被骂呢。"

彰缩了缩脖子。

从日程表来看，"儿童节"是游乐园策划的一个活动，
主要是请身怀特技的小学生亮相。但看起来都很无趣，能
说出山阳本线全部站点的孩子、看佛像照片就能说对名字
的孩子、能背出莎士比亚戏剧的孩子……弘之的名字就混
在这些孩子当中。"会解答高中入学考试题目的算术小博
士"——这是给他的称谓，他压轴出场。估计当时活动的
奖励是冰激凌，因为日程表上面还留着冰激凌滴落的污渍。

"你也一起去了吗？"

"不记得了，大概被留在家里了吧。一般都是这样，按
照老妈的理论，我在会让哥哥分心，发挥不出实力。"

"你妈很卖力呢。"

"很卖力？这个词，太轻描淡写了，看这个房间你就能

明白。"

我和彰都光着脚，努力把自己的身体塞到家具与家具之间的狭窄空间里，呼吸着静止的空气。窗子打开了，空气还是没有丝毫改变。

"那些会场里有一种说不上来的独特气氛。周围都是不认识的脸，可以听到他们在窃窃私语，而监考官也不知道在神气什么。老妈心神不定，反复说着同样的话。'要冷静、好好地看题。不用着急，知道吗？最重要的是不要忘记写名字。就是这样，路奇一定能行！很简单的。'我总担心老妈的脑袋是不是不正常了。因为有人说过，人要是脑袋不正常了，就会反复说同样的话，一遍又一遍。我又兴奋又担心又紧张，自己都不知道该做什么，就在附近跑来跑去，嚷嚷着'不要忘记写名字哦'。然后，周围的大人都扑哧笑了。只有老妈满脸通红，她发起火来，简直像要把我闷死一样捂住了我的嘴。就是这个样子——"

彰捂住自己的嘴，翻着白眼，装出痛苦的样子。

"真的？"

"嗯，没有骗你。只要能让路奇得冠军，把我闷死都不算什么。"

我感到彰的母亲就站在隔扇后，回过头去看却没有人。

注视着我们的，只有刻着路奇名字的奖杯。

"最后一次竞赛就是昭和五十五年夏天的那场，他以高中一年级的身份获得了冠军，是这个吧？但是，为什么从那之后就突然停止了？是为了大学入学考试吗？"

"已经到极限了呗。当然，以路奇的才能应该还有更大的可能性。但是，乘巴士，乘汽车，有时候还要乘飞机去不认识的地方。做题，被表彰，被拍照，然后又是一条漫长的回家路。还要被老妈叮嘱二十多遍'不要忘记写名字哦'——这种生活不可能长久。"

彰把一沓日程表塞回到抽屉里，一点也不介意会弄皱。明明知道自己的母亲发现后会发脾气，他对待这些东西却有着故意为之的粗暴。他还把剪报本倒着放，拧歪奖杯上的细绳。

"你不是说他还参加过布拉格的大赛吗？似乎那次的日程安排表没有留下来呢。"

我说道。

"对哦，那才是真正的最后一次。"

他好像才想起来，回答说："哥哥是在十六岁的夏天被邀请参加欧洲竞赛的，大家还在高中的体育馆里举办了送行会。老妈不知从哪里借来了旅行箱，还定做了礼服，大大地折腾了一番。但是，为什么没有留下那次的记录呢?"

我们分头在各个抽屉里寻找，却连一张小小的新闻剪报也没找到，去布拉格的机票以及奖杯也没有。

"大概是没有得冠军吧?"

"我有跟老爸被留在家里的记忆，却不记得那次的结果。但是可以肯定的是，从布拉格回来后，一切都变得不对劲了。老妈变成了那样，路奇不再去上学，老爸死了。"

我们找累了，瘫坐在榻榻米上。

彰抱着双腿叹息。虽然天气已经转暖，他仍然穿着和在太平间遇见时相同的黑色毛衣。手肘的地方已经磨损，领口也下垂了，袖口处沾着木屑，是在制作模型屋的时候沾上的吧。

"五个白石头与十个黑石头排成一列，任何一个白石头的右边必有一个黑石头，这样的排列方式一共有几种? ……如果 n 的平方分之 n 的 n 次方加 1 为整数，求所有 n 大于 1 时的整数解。……方程式 x 的 n 次方加 1 等于 1 有唯一正数解 x (n)，当 n→∞ 时则近似 1，请计算趋向 1 的收敛速度……请举例: ①无限集中不包含无限真子集; ②与真子集同构的集合; ③没有极大理想的数环。……"

我朗读起试题纸。

"求解、计算……路奇一直在被人命令着。"

"这个房间一直提醒着我路奇已经死了,比在太平间看到他的遗体时还要强烈。我觉得这些莫名其妙、疯了一般的试题纸,就是死亡通知书。"

"我和他每天都在同一张床上睡觉。只要稍微伸出手,就能碰到对方的身体。但是,我没察觉到他在求整数 n,或者计算收敛速度。"

"就算嫂子察觉到,事情也不会有任何变化的。谁都阻止不了。这样的结果,从一开始就已经注定了。"

彰踢了一脚碗橱,里面的奖杯发出咔嗒咔嗒的摇晃声。最靠外的细长形奖杯倒了下来,滚落在我们之间,但我们谁都没动手把它放回原处。

"哥哥离家出走后,我很怕一个人进这个房间。只要在这里待着,就会有不安向我袭来,我担心他已经死了。虽然不清楚理由,但我觉得这个昏暗的房间角落好像有一股不安的迷雾,它渐渐升起,越来越浓,向我笼罩过来。我想要挥散它,却忽然发现他在迷雾的另一头。但是,不管我怎么伸手也碰不到他。那时我才十四岁,明明就不懂死

亡的意义……如果不是和嫂子一起，我在这个房间里都待
不下去。"

　　他的声音里透着软弱，仿佛一下子回到了十四岁。

　　"没关系，我在这里。"

　　我回答。

九

做饭自不用说,从买东西、打扫到管理他母亲的药物,这个家的一切都由彰一手包办。彰的母亲早上花很长时间化妆,然后花大部分的时间在起居室里发呆或者窝在奖杯之屋里。说起来,她既不外出,家里也只有一个人,但化妆这个步骤从不省略。

彰下班后从不绕道,总是径直回家准备晚餐,然后整理房间,开洗衣机洗衣服。晚上,他的母亲早早睡觉,他就在起居室里一边熨衣服一边看悬疑片的录像带。

"我来帮你吧。"我说。

彰却只是回答:"不用了。"

无奈，我只好和他一起看录像带。他动作熟练，一件一件地熨烫着，还像模像样地根据衣服的质地调节温度。

突然想起来接到医院的电话时，我也正好像他这样在熨衣服。那件白衬衫，我熨得服服帖帖，没有一丝皱褶。

我们三个人一起在餐厅用晚餐。因为桌子太大，三个人坐得很开，没法亲昵地轻声交谈，拿调味汁的时候还得起身伸长手臂。

"今天做的是妈妈喜欢的锡纸烤虹鳟哦，当心烫。"

彰和她说话时的口吻与他平时不同，很温柔，想必当他的恋人应该也很幸福吧。

"要再撒点胡椒吗?"

"不，不用了，就这样。"

餐桌上的交谈很少。多数是彰提出话题，我为了不冷场而随声附和，有时还设法让她也加入进来。但是，她一直躲在自己的世界里，对我们完全没有兴趣。她时而把餐巾叠成各种形状，时而静静地盯着红酒瓶的软木塞，要不就是用叉子把虹鳟塞进嘴里。

"今天你们碰过奖杯吗?"

"当然没。"

"你呢?"

她忽然眼神锐利地扫向我，我有些手足无措。

"嗯……"

我喝了口红酒，回答道。

"凉子小姐一直和路奇一起生活，路奇的事情她都知道，你要不问问她？"

"是吗？"

"妈妈，你知道调香师吗？就是做香水的人。听说路奇在学这个。"

"为什么要做这个？不是可以学数学吗？"

"他很早以前就不学数学了。"

"为什么？"

"已经学得足够多了。"

"这红酒好涩。"

"只喝一杯就好，不然又要头疼了。"

我们沉默地用了一会儿餐。因为绿树很多的关系，笼罩在庭院里的夜色愈显深沉，温室、池塘、石头小人都藏身于黑暗之中。

"这个人要在家里待到什么时候？"

她用叉子指着我。

"让她好好住一阵，不好吗？你这样很没礼貌哦，妈妈。"

"太打扰你们了，对不起。"

我说。

"没事的，嫂子。"

"嫂子？你什么时候有嫂子了？"

"就最近，从路奇死后。"

"我都不知道。对不起，刚才失礼了。"

她将视线落在虹鳟上，一根一根地挑着鱼刺。指甲油是蓝的，非常浓郁的蓝色，看起来就像血一样。

"不，没关系。是我不好，因为你们待我亲切就一直赖在这里了。对了，听彰说您和路奇去过布拉格旅行？那想必是个美丽的城市吧？"

她不断地挑鱼刺，鱼身已经被搅和得不像样了，指甲上沾着黏黏糊糊的黄油。

"妈妈，可以吃了，没有鱼刺了。"

彰说。

"柠檬切得不对。"

"对不起，是我切的，我想帮一点忙……"

我道歉。

"不可以切圆片，应该是一瓣一瓣的。"

"随便哪种都一样的，柠檬就是柠檬啦。"

"我说了那么多次要切瓣，你为什么就不听？"

"嫂子是帮忙的，你应该感激才对。"

"我不喜欢切圆片。你爸爸看的显微镜里就总是这个形状，他从患处切下薄片，再用药剂染上色。"

"你在说什么呀？家里已经没有显微镜了。要么，我把这个扔掉，再给你切新的，可以吗？"

"是异常的细胞啊，是被肿瘤侵蚀的细胞啊！"

彰还没伸出手，她已经把柠檬扔在了地板上。

"我没去过什么布拉格！"

她又挥起叉子对着我。虹鳟鱼肉飞溅。

"是呢，我好像问了不该问的……"

我擦了擦胸前的虹鳟。

"你在做什么啊，妈妈？快对嫂子道歉。"

"没关系，小事。"

"什么嫂子啊，这人是冒牌货，你别被她骗了！"

"求你了，妈妈，冷静点！"

"彰也起疑了吧？为什么我要去布拉格？！"

"这个话题已经结束了。"

"让这个女人滚出去！"

"你给我适可而止！"

彰怒吼着拍了桌子。红酒洒了，椅子倒了。红酒缓缓地沿着桌子蔓延，像是要填补我们之间的空隙。我听到彰冲向二楼的声音。

"不要忘记写名字。听到了吗？不要忘记写名字！"

她对着他的背影叫道。

彰在弘之的房间里做模型屋。不知是确实太投入还是假装没有注意到我，他弓着背坐在桌前并没有动。

《几何问题研究》上堆着切成小块的方木料，大学笔记和公式背诵卡被工具刀、刷子以及纸黏土盖着，厚而结实的《数学英日·日英辞典》则成为展示的舞台，上面摆放着各种已经完工的小东西。

"这是维多利亚时代的宅邸。"

彰说着，手上的活没有停。

"好漂亮。"

我把手伸向书桌："可以摸吗？"

"嗯，那里的已经干了。"

东西很小，可以放在手心里，一拉把手却变成了一张书桌。上面还放着烛台和墨水瓶，抽屉里甚至放着便笺与信封。

"主人在这张书桌前，给住在寄宿学校里的儿子写信。"

华盖遮顶的床上垂下蕾丝，圆桌上摆着为茶歇准备的美味巧克力蛋糕，暖炉里烧着柴火，灯光明亮，摇椅上放着一个毛线球。每一件物品都栩栩如生。

"女主人为了赶圣诞节的礼物，正在织毛衣。"

每说一句，就有方木料的碎屑被吹起。

"这是一栋有十五间房屋的大房子，要完成很费工夫呢。"

彰正在一块食指指甲大小的木片上雕刻木马。他的指尖满是伤痕，脏兮兮的，为了小木马一直在不停地运动。

他的背影看起来比平时要小，似乎是为了配合模型屋的尺寸。他健壮的手明明可以轻易捏碎这里的所有部件，手指看起来却和巧克力蛋糕、毛线球、木马一般柔弱。

"这个是什么?"

我想要触碰他，却不知如何是好，只得把手搭在他的椅子背上。

"看，是摇篮哦。"

"哇，好可爱。"

"小婴儿就在这里睡。"

他用刮刀蘸上强力胶黏合木片。手指轻轻一碰，摇篮就在他的手掌上摇晃起来。

"楼下我已经整理过了。"

"嗯，谢谢。"

我们屏息静气，注视着摇篮，就好像真的有婴儿在里面沉睡一样。

这一晚，我打开了弘之送我的香水瓶。但觉得香味会马上完全挥发，立刻又把盖子盖上了。我深深吸一口气，将那缕芳香牢牢印入肺腑，然后在床上躺下。我知道，如果不这么做我会睡不着的。

次日，彰的母亲心情恢复了。口红是更明亮的橙色，假睫毛也很服帖。她紧紧地拥抱了我，和我道了早安，丝毫不记得昨晚的芥蒂。桌上依然留有红酒打翻的痕迹，虽然我用湿布擦了无数次。

我在音乐学院前的车站下车，前往市立图书馆。是的，我要去寻找弘之十六岁时被欧洲大赛邀请去布拉格的记录。

陌生的图书馆利用起来很不方便，而彰记得的日期又很模糊，所以查起来着实费劲。有时候觉得总算找到了，却发现是风马牛不相及的美容师比赛特辑；有时候翻遍了一整年的报纸，却连一行希望看到的报道都没有。

花了整整一天时间，最终找到的只有一篇刊登在当地报纸上的豆腐干大小的报道。

今年，在捷克斯洛伐克的布拉格举办的欧洲数学竞赛上，第一次邀请了日本的高中生参赛。四月二日，有五位优秀人才在严苛的国内预赛中脱颖而出成为参赛选手。

该竞赛原本是东欧各国为培育数学精英所举办。参加的国家逐年增加，在迎来今年第二十届的纪念大赛之际，第一次邀请了日本、中国、缅甸、韩国等国家参赛。

各国各自派出的五位代表将在这两天里用九个小时解决六道问题，五人的总分将决定各国的名次。此外，满分的选手将获得金牌，答对五题者获得银牌，答对四题者则获铜牌。

这次，全国共有九百九十六名高中生报名参加了由日本数理科学振兴会举办的国内选拔考试。经过了二月三日的初试与三月八日的复试后，共有五名选手在三月二十七日开始的四天三夜的考试中脱颖而出。

　　其中获得最高分的篠塚弘之（十六岁）是本地县立高中的二年级学生。他说：

　　"因为是第一次参加国际竞赛，所以很紧张。但是我会以平常心对待，尽力发挥出自己的实力。我也很期待能遇到外国的高中生们。"

　　另外，唯一被选中的女生杉本史子（十七岁）则很坦率地表达了她的喜悦之情：

　　"真是不敢置信。我完全没有想过自己能最终入选。我在学校的戏剧部里写剧本。到布拉格后如果有时间，我想去看歌剧。听说比赛会场设在贝特拉姆卡别墅，我也很期待。据说莫扎特的《唐璜》序曲就是在那里完成的。"

　　五位代表选手将在接受通信教育训练后，于七月二十日开始进行为期一周的集训，在八月一日出发前往布拉格。

我把这篇报道反复看了三遍，还是很担心会有哪里看漏，又坐在中庭的长椅上朗读了两遍。

文中的弘之还是第一。经历过滑冰场和奖杯之屋的震撼后，照理，我不应该再惊讶了，但还是很不习惯。路奇藏着的才华是如此惊人，它让我忐忑，感觉呼吸困难。同时，失去他的我的痛苦又更深了一层。

而更让我困惑的是杉本史子所说的"戏剧部"。弘之交给香水工坊的简历上也列了这一项。

报道详细地说明了国内预赛的情形，但没有任何一份报纸或杂志涉及布拉格大赛的结果。我在宽敞的图书馆里绕来绕去，缠着图书管理员用电脑查了好几次，妄图找到遗漏之处，但结果是一样的。

只有布拉格的部分，彻底缺失。弘之参加竞赛的记忆就此被切断，之后是一片弥漫的黑暗。

篠塚弘之（十六岁）——我用手指抚摸着这一行字。这只是一张复印纸，上面记载着他身为优等生的发言，却让我感觉陌生。纸上没有散发出任何香气。

"是日本数理科学振兴会吗？我有些事想要咨询一下，是关于十五年前在布拉格举行的欧洲数学竞赛的事。……不好意思，我是自由撰稿人。这次一本杂志想要做关于各个领域里的天才少男少女的特辑，所以想了解一下十五年前被选中的五名日本选手之后如何了。当时是你们振兴会举办的国内预赛吧？……呃，现在已经不举办比赛活动了？

是吗，那真是打扰了。那，过去的记录还有吗？能帮我查
一下吗？……是的，当然，绝不会给你们添任何麻烦的。
我就是想知道当时各位选手的联系方式、欧洲大赛事务局
的联系方式以及比赛的结果……是，我可以等。等多久都
行。麻烦您了，真是很对不起。您帮了我大忙，正愁没有
记录不知如何是好呢。我明天会再打电话给您的……"

　　翌日，振兴会的人如约为我查询了记录。我心急火燎
地记下了年轻文员从电话那头传来的信息。

　　杉本史子是仙台的高中生；了解当时情况的人如今都
不在振兴会了，同行前往布拉格的副会长已经去世；大会
的主办方是位于布拉格的数学竞赛财团欧洲分部；日本在
二十四个参赛国中位列第二十二名；杉本史子获得了日本
队内的最好成绩——铜牌；篠塚弘之……中途弃权。

十

　我和捷涅克沿着被称为"饥饿之墙"的坡道离开了修道院，再次回到小货车上。

　"这次我想让你带我去这里，这个叫'数学竞赛财团欧洲分部'的地方，地址上面有。你知道怎么走吗?"

　我打开从日本带来的便条纸。半生不熟的英语已经放弃，捷克语的会话指南也已经放弃，我只是自顾自说着自己能懂的语言。

　"Ano，ano，rozmím."①

———————————

① 捷克语，"是，是，我知道了"的意思。

　　捷涅克说的我还是一个词都不懂，但他看了便条后立刻点头，以一脸"尽管放心"的表情望着我。

　　回头还能看到修道院，整齐划一的窗户以及红褐色的屋顶从树木的缝隙间漏出来。图书馆在哪一块呢？我已经分辨不出来了。两座塔在阳光的照射下闪闪发亮。

　　车子穿过桥回到城市的东侧，向南开了一阵，接着驶离了河边大道。我立刻就分不清方向了。捷涅克在狭窄的小路上灵活地转了好几个弯。每转过一个角落，观光客的人数就少一些，周围也就更清静一些。

　　醉汉躺在破旧的旅店门口，从礼拜堂的地下传来了赞美诗的歌声，一个老妇人靠在阁楼窗前织毛线，瘦得腰骨都凸出的猫咪在门柱上窥视着我们。

　　不久，眼前出现了一道爬满藤本蔷薇的石墙。墙的另一头可是公园？只见树木郁郁葱葱，无从窥探究竟。捷涅克开着车擦墙而过，落下了几朵花蕾。

　　数学竞赛财团欧洲分部就在藤本蔷薇石墙的转角尽头。这是一幢庄严的四层建筑，正面玄关的大门以及凉台的扶手上都雕刻着狮子的头，看起来似乎是一种徽记。但落魄之相却难以掩饰——窗户防盗网几乎脱落，门铃被扯走只垂下一根电线，墙上满是涂鸦。

我们还是选择走了进去。屋子里很暗，什么都看不清，得紧紧挨在一起才不会跌倒。冰冷的空气缠绕在脚边，我听到捷涅克有规律的呼吸声。

长长的走廊两头有好几扇门，但没有人，只有无边的黑暗。

"Davej si pozor……"①

捷涅克喊道。我的头发蹭到他的皮夹克，发出了一阵沙沙声。

虽然并不知道我为什么要来这里，也完全不了解这个地方到底意味着什么，捷涅克却一点都不害怕。他表现得很勇敢，仿佛守在我身边才是最重要的事。

捷涅克打开一扇门。里面的天花板很高，房间很宽敞，但除了被熏得发黑的暖炉、一张坏掉的椅子以及一台断了线的电话外，便空无一物。我们每走一步，都会扬起一片灰尘。

每个房间都差不多。没有人进入过的痕迹，所有的一切都伤痕累累，所有的东西都已经被人遗忘。只有房间角落里到处掉落的数学书，证明着这里的确曾是竞赛财团的

① 捷克语，"当心"的意思。

分部。

走到四楼，便能一览被藤本蔷薇覆盖的石墙内部。那里是墓地。墓碑一字排开，长满青苔，供奉的花朵在微风中摇曳。

"可以了，回去吧。"我说，"这里什么都没有，只能看见墓地……"

捷涅克看着我嘟哝了两三句，像是打气似的轻轻拍了拍我的肩膀。

"还剩一个房间，进去看看吧。"

我想他说的大概是这个意思。

一踏进最后的房间，我便明白他的预感果然没有错。这里和其他的房间不一样，废弃的奖杯堆积如山。

是财团举办的竞赛的奖杯吗？各种各样，几乎堆满了整个房间，甚至挡住了一半的窗，形成一个标准的圆锥。圆锥形很标准，几乎让人怀疑用尺量过。

大概是堆积得太久，奖杯与奖杯之间仿佛已经紧密黏合，再也无法分开了。有的奖杯的狮子装饰已经折断，有的奖杯的底座松脱，还有的奖杯因为不堪重负几乎散架。没有一座奖杯还能作为承载冠军光辉的道具。

这堆东西与弘之母亲热爱的分类无关，与没有一丝指纹的光彩无缘。它们是巨大的墓碑。

我叹息。捷涅克走近这堆东西，试图念出刻在底座上的文字。这时，不知从哪里传来轻微的咳嗽声。我们大吃一惊，面面相觑。捷涅克朝着传出动静的方向叫了几句，声音撞到奖杯山，在房间四处散开。

一个男人蹲在那堆东西的另一头。他将床垫铺在日照充足的窗边，裹着破破烂烂的毛毯，头埋在双膝之间。他的头发上满是尘埃，皮肤与手指乌黑发亮，脚边放着简易炉子、没有把手的锅、灯以及一些生活用品。锅底上还沾着一层发霉的炖菜。我抓住捷涅克的手臂。

不是怕这个男人。我只是陷入一种错觉，怀疑这个男人是弘之。他是不是为了拿回数学竞赛的奖杯而重返欧洲？不辞而别后躲在这里小口吃着发霉的炖菜，只为了寻找刻有自己名字的奖杯？

捷涅克向那个男人问话。陌生的语言没有抑扬，听起来冷静干脆，却又略带激愤。自由吞吐捷克语的他看起来忽然成熟了不少。

但不论捷涅克如何询问，男人都只是用胆怯的眼神从毛毯之间窥探着我们，一个劲地喘息。

"没用，我们还是走吧。"

"Ano，rozmím……"

我们静静地关上了门，不再叨扰被丢弃的奖杯与男人的睡眠。

回到旧城街道，我们吃了迟到的午餐。走了半天却一无所获，我竟没有感到失望。

我也不再纠结要找语言相通的导游了。相反，我开始觉得在这次旅行中，捷涅克或许是不可或缺的。他总是能够给予我想要的恰到好处的沉默，就像调香室里的弘之那样。

捷涅克俯身吃着炸花菜与蘸汤面包，全神贯注于盘子里的食物。偶尔抬起头拿餐巾或喝水时与我的眼神对上，就不好意思地低下头，然后把一大块炸花菜塞进嘴里。只有刀叉碰撞的声响充斥在我们两人之间。

回旅馆的路上，我们又一次爬进了修道院的后院，因为想看夕阳。然而，等了又等也不见日暮。日色虽显朦胧，但天空青色犹存。

"时间就好像静止了一样。"

我靠在栅栏上说。捷涅克双手插在皮夹克的口袋里，既没有点头，也没有摇头。车钥匙发出了叮当声。

"已经很晚了。说好的时间是几点来着？真不好意思。"

"Nevadí. "①

和早上来的时候一样，修道院里一片寂静，后院也不见人影。这里远离街道的喧闹，连鸟儿的啼声也听不到。

头上扎着白色丝带的小女孩和高大的修道士去哪里了？我朝"饥饿之墙"的坡道转过身去，只看见塔的影子长长地延伸开去。

"哎，那条路是通往哪里的？从那里是不是也能到下面的停车场？去看看吧。"

栅栏正巧在图书馆附近中断，一条小道的入口藏在树丛掩映中。我们从那里往下走。

阳光穿过树叶的空隙，在我们脚边摇晃。捷涅克紧跟着我，口袋里的钥匙发出声响。不久，视野忽然开阔起来，我们来到一片三叶草丛生的小广场。广场正中，是一个温室。

和弘之家的正相反，这里的温室小而紧凑，绿意盎然。洒水器无声地运作着，封闭在内侧的热气凝成水滴打湿了玻璃。不，或许弘之家的温室曾经也如此这般。

---

① 捷克语，"没关系"的意思。

门没有上锁，我只是轻轻一碰，就打开了。浓郁潮湿的空气扑面而来，几乎要把我呛倒。

"捷涅克，我可以顺道看看这里吗?"

我转过身，却没有人。刚才他的身影还真真切切跟在我身后，此刻却完全不见踪影。钥匙的声音、脚印，什么都没有留下。

"捷涅克! 捷涅克!"

声音被吸入树丛里，传不到任何地方。

我感觉自己犯了什么无可挽回的错误，却不知道到底是在何时又是如何犯了错。像风向在不经意间转换了一般，我就这样被留在了温室前。

然而，我并无半分困扰，也没有后悔或害怕。因为，从温室的里面飘出一缕香味——"记忆之泉"的香味。

我毫不犹豫地步入了温室。

蝴蝶兰、山百合、茉莉花、仙人掌、莲花、橡皮树、酒瓶椰子、香蕉……各种植物枝繁叶茂。每一朵花都开得璀璨，绿叶清澈如水，一看就是精心培育出来的。角落的架子上除了水壶与修枝剪刀，还放着肥料、农药等各种园艺用品。铲子湿淋淋的，似乎才刚刚清洗过泥土。菜粉蝶在一片绿色之间若隐若现。抬起头，玻璃反射出夕阳炫目的光。

这里充斥着土地、叶子与花朵混合的味道。但在这个味道的底层，确实隐匿着令人沉溺的香味。我绝不可能错过。

循着香气，我走到温室的尽头。那里有一个被凤尾草掩盖着的洞窟入口，藤蔓下垂，水滴从岩石的裂缝中滴落下来。

我走进洞窟，洞窟很深，怎么走都不见尽头。唯有那缕香，不间断地指引着我。

脚下是岩石，照理应该很坚硬，走起来却觉得脚感莫名的柔软，很舒服。大概是长了什么特殊的青苔吧。我凝神细看，却什么也没看到。水滴不时地打湿我的头发与脖子。

途中我回过一次头，不是为了记住回去的路，而是想知道自己走了多远。温室的光亮已远留在无法触及的地方。

"你竟然找到了这里。"

那人说。

我不知该如何回答，只是木然而立。

"坐吧。"那人把一张椅子拉到面前，客气地看着我，

"当然，我不勉强你。"

这是一个被岩石包围而成的小房间。酒精吊灯的灯光太过微弱，房间深处一片朦胧，令我无法分辨洞窟是否继续延伸下去。但有一件事很确定，那缕香味正是从这间房里散发出来的。

"岩石缝隙间滴落的水滴，洞窟里潮湿的空气。"

我喃喃自语。那人丝毫不显惊讶，也不问个中奥妙，只是侧耳倾听。

这句话从唇齿间流泻而出，随意得正如哼唱摇篮曲或者诵读一节诗歌一般。那是弘之留在软盘里的词句。

"对不起，我好像是迷路了。"

我在椅子上坐下。

"没必要道歉。"

椅子坐着很舒服，温柔地裹住我的身体。脚下的岩石仿佛铺了一层绒毯，不见丝毫摇晃，椅脚恰到好处地嵌入岩石的低洼中。

"因为看温室的门开着，就自说自话地进来了。入场费应该在哪里支付?"

每一句话、每一声轻微的叹息都在洞窟中起伏回荡，比起在外面时更震动鼓膜。所以我不得不很小心、缓慢地说话。

"入场费？第一次有人担心这个。"

那人左手微微抬起，掌心朝向我，又立刻收回。只是一个小动作，却深深地落在了我的视野里，久久都散不去。好像不只声音，连身体的动作都经过好几重的回荡，形成了特别的残影。他每有动作，"记忆之泉"的味道就愈加清晰。

"不过，为什么我能和你交流……"

这句话是问我自己的。

"语言的种类无关紧要，你能和我这样交谈，不就足够了吗？"

那人抚摸着袖口。

我们之间摆着一张方桌，桌上是两人份的茶具。除此之外，没有任何摆设，斑斑驳驳。有三面岩壁被削平做成了架子，上面整齐地排列着许多相同形状的小罐子。因为光线的关系，看不清洞窟的深处，也就无法确认到底有几个罐子。我感觉架子似乎延伸到很远，却又觉得尽头似乎就在眼前。

"我知道有个地方和这里很像。"我说，"是调香室，就是调制香水的房间……房间被架子包围，上面密密麻麻地陈列着许多放香料的小瓶子。没有一个瓶子歪斜，没有一个瓶盖松动，也没有一瓶的标签被遮住。丝毫不乱，分类整齐有序。空气很冷地流动，到处是挥之不去的静谧，都和这里很相似。还有必须很小声说话这一点。因为如果在调香室里大声说话，会弄坏天平的指针。"

"是吗？"

那人点头。

"安静是最重要的。在分辨香味的时候，每个人都会迷失在自己所拥有的过往世界中。而过去的世界是无声的，就好像梦也是无声的一样。这时只有一种路标，那就是记忆。"

在温室入口处犯错的感触，还残留在某个地方，似乎有什么在隐隐闪动。

为什么我会对一个从没见过的人聊起调香室的事？为什么这个人完全没有诧异？还有，这里是哪里？

最不可思议的是，我并没有打算纠正错误。

明明只要切换一下意识的开关就能利落地解决这一切，我却没有提出任何问题，任由自己说出心头浮起的念头。

"在这里可以很安心。因为岩石非常坚固，不会有别的声音来打扰你。对了，要喝茶吗？正好到下午茶的时候了。"

"嗯，有劳。"

茶具果然也简陋。茶壶口有裂缝，杯子内壁也因为茶垢变了色。那人斟好茶，又把小勺子与砂糖罐连同茶杯一起滑到我面前。

茶水滴落、勺子与茶杯碰撞、砂糖罐在桌上滑过，却没有发出声音——正如他说的一样。

并不是鼓膜突然破裂以至于耳朵听不见东西。我能感觉到空气确实在震动，但它们撞到岩石后，从声音转变成了另一种形态的东西。

"啊，很好喝，我正有些累呢。我要找的信息在图书馆里连一行都没有，数学竞赛财团的分部里住着流浪汉，想看夕阳但太阳总是不下山……"

老实说，茶并没有多好喝，却是我迄今为止从未喝过的一种茶。它没有味道，能感受到的只是暖意。暖意如轻纱裹体，比起味道来，更令我心旷神怡。

"随便喝，有很多。"

"谢谢。"

头顶掉下水滴落入杯中，我毫不介意地继续饮着茶。

那人双手交叉放在桌上，耐心地等我缓过劲来。他惬意地靠在椅子上，缓缓地眨着眼，偶尔将视线落在交叉的手指间。

我再次观察起他。该怎么形容呢？和人初识，我会下意识地留意对方的发型、长相、服装等特征，但现在无法从这个人的身上抓取这些特征。当然，他有头发，脸近在眼前，身上也穿着衣物，可是这些都无法在我脑海中形成具象。

他一半的头发与脸掩隐于黑暗中，很难看清，衣服的颜色和岩石相同，看起来就像从空中剥了一片黑暗直接披在了身上。我甚至连他是老是少、是高是矮都无法分辨。但没有关系，这些差别不算什么问题。形成这个人的不是物质，而是气息。

"这上面是不是正好就是修道院的图书馆？"

我抬头看着灯问道。

"唔，不清楚。我从没想过洞窟的上面是什么。"

他给我倒了第二杯茶。

"不管是哪种图书馆，我只要一踏进去就会陷入同一种情绪，想'这世界上竟然有那么多东西值得被写下来'。"

"世界远比想象的来得错综复杂。"

"而我所能触及的，只是其中的很少几页而已……"

这时，我的身后有什么动静。我吃惊地回过头，不小心打翻了茶杯。

是孔雀！孔、雀……我在心中小声地说出这个词语，确定自己并没有弄错。

一共五只孔雀，它们用瘦小的爪子扒着岩石的凸起部分，静静地从黑暗中走出来。即使被我发现依旧很镇静，边走边伸长脖子，头顶上的羽冠跟着晃动。偶尔，它们又停在架子下、桌子旁、我的右侧，啄饮低洼中的积水。羽毛摩擦的沙沙声不绝于耳。

"是孔雀。"

那人的口吻充满了慈爱，立刻将我从混乱失态中拉了回来。打翻的茶水不知何时已经被拭去。引领我至此的那一缕香气，正来自这些孔雀。

"我是孔雀的看守者。"

"看守者？"

"嗯，是的。我的工作就是照顾、守护它们。"

我悄悄地把手探进包里，握住了弘之给我的香水瓶。盖子上刻着孔雀羽毛的图案，平滑而细腻。

"真是美丽的鸟。"

"谢谢。"

自称看守者的他从黑色衣服的袖口里伸出手，打了两次响指。五只孔雀停止喝水，紧挨着身体再次消失于洞窟的深处。我把茶杯中所剩不多的茶一饮而尽。

一阵沉默。我们两个人侧耳倾听着沉默，一动不动。这里没有风，灯火却在摇曳。

"我明天还能来看孔雀吗?"

我说。

"当然，我等你来。"

不知何处又响起了羽毛斯磨的声音。

走出温室时，发现天色已经很暗了。我回到修道院的后院，急忙沿着"饥饿之墙"往下跑到停车场。教堂的钟声响起，估计是报时的。

捷涅克坐在停车场饮水站的台阶上，不安地缩起身体，抱着膝盖。在财团大楼时，他是如此勇敢可靠，但从暮色中远远望去，似乎又变回了稚气的少年。

"捷涅克!"

我挥着手，气喘吁吁还有些发音不清。自己在不知不觉间竟然已经掌握了这个复杂的名字发音。

捷涅克转过身，看到我后立刻浮起笑容，也朝我挥起

了手。虽然我们昨天才相识，虽然我们语言不通，他却松
了口气，就好像等到了最重要的人的出现。

十一

　　我把录像带放进播放器，犹豫了一阵后按下了播放键。弘之的母亲在午餐后就躲进了榻榻米房，为了不让她发现，我调低了音量。

　　午餐照例是三明治，只是其中的配菜从莴笋变成了土豆，黄油换成了蛋黄酱而已。她把我吃不完的那份也全部吃完了。

　　古老的录像带似乎被播放过无数次，画面杂乱，声音也闷得几乎听不清。我从沙发上起身，坐到电视机前。

　　一开始是好几个连着的广告：冰激凌、汽油、生命保险……然后，一个戴着黑框眼镜的矮胖男人与身穿短裙的年轻女子登场，他们齐声叫道："来吧，天才儿童们!"

喇叭响起，音乐没完没了，摄影棚里的观众开始拍手。歌手、谐星、漫画家、作家，评委们依次登场。但还没有看到弘之的身影。

录像带放在奖杯之屋里衣柜的抽屉中，贴着"弘之录播　TS播放　昭和五十一年五月四日"的标签，标签上的字迹很认真。看来，弘之的母亲很仔细地保管着这盘录像带。我把它藏在毛衣底下，偷偷带出房间。她应该会很厌恶我在弘之的回忆上留下手指印，那还是不要让她知道比较好。

第一个登场的是六岁的民谣歌手。嘉宾将一支飞镖射向日本地图，射到哪个地方，她立刻就能唱起那里的民谣。身上的和服明显太大，松松垮垮很是滑稽。唱到兴起时，她晃着脑袋，头上的花饰也掉了下来。

第二个登场的是擅长画肖像画的幼儿园小孩，然后是骑单轮车的兄弟，再接下去是蒙上眼能演奏出巴赫无伴奏组曲的八岁小提琴少女……

每一个的登场都让两个司仪发出夸张的惊叹。男人喜欢用手扶着镜框说"哎哟，这实在是……"，而担任助理主持的女子每次弯下腰对孩子提问的时候，都会露出短裙下

的内裤。录像混杂着吱吱作响的杂音，每三分钟画面就会
晃动，随之出现两条黑白的线。

"接着，我们有请第五名小朋友登场！"

女主持皮笑肉不笑地抬起一只手，弘之的身影出现在
画面的左边。

他穿着一条裤线笔直但略长的短裤、白衬衫和针织背
心，脚上蹬着一双崭新的皮鞋。——没有错，他就是十一
岁的弘之。

他低着头走到正中，身体朝前但没抬眼。看上去不像
是紧张，感觉倒更像是无聊得不知该做什么。他的手不时
地握起、松开，有时又交叉在背后。头发梳得一丝不乱，
背心前襟上有一个名字的开头字母 H，大约是他母亲绣的。

你的名字是什么？几年级啦？今天和谁一起来的？助
理主持接二连三地发问。弘之回答的声音很轻，几乎听不
见，脸上的表情好像在说"明明没有人想知道我的名字"。
因为要把耳朵凑到弘之的嘴边，助理主持的内裤也看得更
加清楚了。

"你午饭吃饱了吗？"

司仪开玩笑地指了指弘之的肚子，观众席上一阵哄笑。
他却面不改色，只是整了整背心的下摆。

这真的是弘之吗？我忍不住反复问自己。他的手还像普通孩子一样肉嘟嘟的，双腿却像竹竿似的，膝盖也就更加显眼了。肩膀的轮廓隐隐显示出渐渐成人的强健，脖子却纤细得令人禁不住捏一把冷汗。鼻子……对了，他最重要的鼻子，因为低着头看不清楚。

那只鼻子，在不久后将闻遍世界上各种的香味并加以记忆。这件事当时还没有人知道。司仪也好，评委也好，观众也好，他们只是新鲜地看着眼前这个羞涩的少年。

那双腿，不久后会变得优雅修长、矫健有力，站在放香料的架子前寻求想要的气味。

他的手指，将会极具魅力地打开香料的瓶子，并且，爱抚我的乳房。

开始出题。

一次竞赛的奖品是巧克力。第一名将获得十千克，从第二名开始，每一名都将获得前一名所获得巧克力重量的一半。但是，获奖者中最后一名获得的巧克力和前一名相同。

问一：如果有六名得奖者，一共需要准备多少千克的巧克力？

问二：如果有一百名得奖者，一共需要准备多少千克的巧克力？

评委也一起解答问题。他们嘟嘟囔囔地计算着，谐星嚷着"看不懂问题里的汉字"就扔下了笔。笑声再度响起。

弘之坐在为他特别准备的豪华书桌前，将视线落在答卷纸上。他抿着唇，没有握铅笔，连眼睛都没有眨。侧脸的表情就跟他为了挑选藏匿的气味，把试香纸凑到鼻前时一模一样。

助理主持露出了担心的表情，以为他是因为问题太难而无从着手。弘之没有在思考，似乎只是静静地躲在被数字装饰的意识之海，等待这狂躁的时间快点过去。

"好了，我解完了。"

弘之呼出一口气，走到黑板前开始讲解。

"这道题没有计算的必要，只要做一个正方形来思考就很简单了。就像这样……"

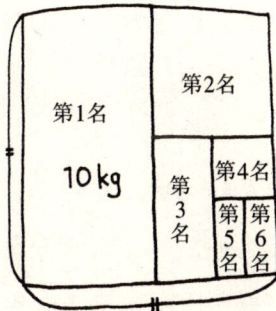

他在黑板上画了个小正方形。黑板上其实有着非常宽敞的空间，但那个正方形却小得能被一只手遮住。他用线把它分成了六个部分——是了，他可以徒手画出别人用尺子才能画的直线。

"所以答案是二十千克。得奖者是一百名也好，是两百名也好，都是同一个答案。"

众人发出感慨，掌声如雷。镜头扫向观众席，弘之的母亲就坐在中间。

其他人都只是象征性地鼓掌，唯有她明显不一样。她探出身，以骇人的气势拍着手，眼中只有弘之一人，满是喜悦与自豪。

她比现在丰满一些，留着短发，没戴假睫毛，也没有涂着扑簌扑簌四散的白粉。

弘之更加畏缩了，直往后退，似乎以为只要自己的身体变得足够小，掌声就能快点停止。总是这样。得出正解后，他总是会显得如此无措。

评委们一齐张大了嘴，司仪又把话筒对准了他。弘之努力地想要回答。明明已经得出正解，再没有说话的必要，但他仍然在想方设法地措辞。我正要开大音量仔细听他说的话，黑白的两条线又出现了，杂音也更响。弘之被截断，被肢解。不论我怎么竖起耳朵，都听不到他的声音。

"之前让你不愉快了，真对不起。"

彰坐在拴在海边的小船船舷上，对我说道。

"你母亲的事?"

我也在他身旁坐下。

"嗯。"

彰点了点头。

"我一点也没有觉得不愉快，不用往心里去。"

"就像发病一样。她时常会突然那样，完全没有办法。绝不是讨厌嫂子你。"

"嗯，我很明白。不用再说这个事了。"

虽然是淡季，海边还是有不少人。有一个大叔在遛狗，孩子们嬉笑着玩飞碟，恋人们在防波堤上相拥。但不论怎样的喧闹，都被吸入波浪声中。

一捆捆木材被放在租船屋的旁边，估计是夏天用来建造海之家①的。贴在餐厅玻璃窗上的菜单几乎要被海风吹烂了。天还很冷，但海面上已经浮着好几块帆板。

———————————

① 海之家，沿海搭建的设施与店铺。

"我不想你讨厌跟路奇有关的任何事物，不管是哪种。滑冰也好，奖杯也好，老妈也好……"

视野正中恰好浮着一个三角形的小岛。在它另一头的水平线处，一片霞光朦胧，远远地只能看到几只细长的货船。

"然后，还有我……"

彰踢着脚边的沙子，沙子里露出了贝壳、干枯的海藻、小树枝以及虫子的尸骸。

"你怎么会担心这种事？"

我弯下腰，擦去了沾在他运动鞋上的沙。

"谢谢你，嫂子。"

他说。

太阳已快西斜，但水面依旧波光粼粼。小狗奔跑在被波浪冲洗干净的沙滩上，海鸥栖息在三角形小岛的岩石上。

"你的那个豪华模型屋完成了吗？"

我问他。

"还没，昨晚总算把会客室搞定了。"

"完成后送给女朋友当礼物？"

"不，她不喜欢那种东西。就打算一直装饰在房间里。只要看到就会感到很安心。模型屋里暖炉的火不会熄灭，蛋糕不会腐烂，婴儿永远都是婴儿。"

我们在沙滩上散了会步。不看他的脸，只是感受他在身边的温度，我就会非常清晰地回忆起弘之的身影。一个在我身边那么近的人，伸出手就能轻易地抓住手臂与衬衫的人，头也不回地突然消失……这种事真的会发生？我怎么找也不能再找到他。

他就这么走着，在沙滩上留下足迹。组成他身躯的骨头，覆盖在骨头上的肉与皮肤，塞在身体里的内脏，头发，眼球，牙齿，指甲……这些东西竟然全都消失了。我实在无法相信。

他存在吗？不存在吗？我只要伸手触碰一下就可知晓，但是没有任何东西可以填埋在两者之间。没有任何东西，令人生畏。

我忍无可忍，想要伸出手，却一个激灵生生地制止了自己。他不是路奇，他是彰。

"今天是哥哥死去的第几天？"

"六十二天。"

"你回答得好快。"

"是的。路奇活着和死了，一切都不一样。一切都是从那天开始改变的。"

"总有一天你会数不过来的，像几亿几千几百几十万什么的……"

"数字是无限的。"

"我们的数学没有路奇那么厉害，所以没关系，很快也就算不过来了。"

开始涨潮了，货船朝岬角后避让，不知不觉间帆板也没了踪影。虽然鞋子里满是沙子，我们却毫不在意地继续散步。

"在我四岁、路奇八岁的时候，有一次我们曾经离家出走，就这样在海岸边一直走。啊，对，正好就是他开始参加竞赛的时候。"

"原因是?"

浪花溅到了脚边。回头望去，两个人的脚印成了一条长长的斜线。

"我把老爸的听诊器弄坏了。我们是被明令禁止进书房的，我却一个人偷偷跑进去玩。路奇很听话，我让人不省心。当时没有注意到厚厚的词典下面放着听诊器，一踩上去，贴在胸前的那个圆的地方就裂了。我偷偷把它放回原处，没和任何人说，假装它是自己裂开的。"

"然后被你父亲发现了吧?"

"老爸很生气,问是谁干的。压根儿没解释一句听诊器是多么重要的东西,只关心是谁干的。然后,路奇就说是他自己干的。他低着头,看起来没什么精神,但声音冷静而坚定,还重新演示了听诊器是怎么被弄坏掉的。他的演示是那么正确,我几乎怀疑他是不是躲在一边看见了。当时他明明去了学校不在家,却完美地说明了一切,从词典的位置、踩上去的角度到听诊器坏掉时发出的声音。我感到很不可思议。为什么是路奇道歉?太不可思议了,也因此,坦白事实的时机就这么错失了。"

"是为了袒护你吧?"

"不,不是的,不是这样。我解释不清楚,路奇不是想顶罪或是为我圆场,他之前压根儿没考虑过这些,而是更自然的行为。是的,他很自然,就好像行云流水地解答数学题一样。连我这个肇事者都在想,搞不好真的是路奇干的。老爸只是说了句'你让我明天怎么去巡诊',连惩罚都没有。大概他坚信我才是犯人,没想到却是路奇,所以很扫兴吧。之后,他就怄气地躲到温室里照料兰花去了。总是这样,老爸一感到不爽就会躲到温室里去。"

"那么,你们为什么还要离家出走?"

"不知道,路奇说我们离开家吧,我就跟着了。毕竟我确实欠了他一个很大的人情。更重要的是，我想知道他为什么会撒那种谎。"

"你们打算去哪里？"

"谁知道……就这么走着了，路奇和我沿着海岸漫无目的地走。季节、时间，都和现在差不多。他一直沉默着，也没有生气。就那样笔直地往前走，既不回头也不停下来，走得远远的。我们觉得只要沿着海走，总会到达一个完全陌生的地方。我也没能问他为什么要帮我顶罪，只是竭尽全力让自己不要落后。当时特别怕如果自己多嘴会被路奇抛弃，我没有勇气一个人去远方。而且，那个时候，我已经相信弄坏听诊器的真的不是我，而是路奇了。"

"最后你们到了哪里？"

我望着彰。他的头发比初见时要长，遮住了半边侧脸。夕阳渐渐染红了天空。

"黑暗。什么都看不见、没有风、冰冷的黑暗。一个多管闲事的大妈看天黑了却只有我们两个小孩，觉得很奇怪，就把我们带到了派出所。然后，一切就结束了。"

彰把双手插在裤子的口袋里。他弓起的背影和在录像中看到的弘之很像。

到此为止吧，我对自己说。他们是兄弟，自然会有点像。我没有任何必要一一找出他们的相似点，一一铭记。必须停止了。我用手指梳理被风吹乱的头发。

这里有好几间民宿，有窗门紧闭的别墅，也有渔船停靠的码头。沙滩一路蜿蜒，在礁石处戛然而止。海浪已经逼近，租船小屋已经遥不可见，小岛却始终漂浮在同一处。

"你们还翻过了这里？"

"嗯，路奇拉我上去的。他从不懂畏惧，所以才能很快学会滑冰时的跳跃还有翻跟头，还有那复杂的数字世界。这种小山坡，他才不会怕呢。"

波浪冲击岩石表面，水花四溅。但我们都没想要避开。彰的裤脚被打湿，变了色。

"好了，回去吧。"

彰说。

"你不拉我翻过去吗？"

我问他。

"没用的，就算爬过去也走不远。我和路奇已经确认过了，不会错的。来……"

彰的手正要触及我背后，就在这时，他口袋里的东西啪啦啪啦地散落在沙滩上。

是模型屋的化妆台、煎锅还有楼梯的扶手。我赶紧在浪花打来之前把它们拾起还给彰。

"谢谢，嫂子。"

每当我为他做了什么后，他都会很有礼貌地致谢。但听起来不像是跟我道谢，更像是麻烦了兄长的妻子所以要向兄长道歉。是的，向路奇道歉。的确是感谢的话语，听起来却很哀伤。

"我要去布拉格看看。"

我说。

"欸?"

彰反问。

"一个叫杉本的女性曾和他一起参加过欧洲竞赛，我见过她之后就会去布拉格。"

他什么都没有回答，只是牢牢地握住化妆台、煎锅和楼梯的扶手，把它们重新放回口袋。

我听到餐具摆上餐桌的声音。

"不可以哦。彰要在妈妈的右边，凉子小姐是这边。"

弘之的母亲心情似乎难得不错，发号施令的声音听起来很开朗。

"我知道啊，但你不觉得这样离得太远了吗?"

　　我可以想象彰是如何一边巧妙地敷衍自己的母亲，一边利索地做准备工作。今晚的菜式会是什么？从厨房传来烤肉的香味。

　　我坐在凉棚下的长椅上等待晚餐。夜色已沉，一轮满月高悬于空中，路灯也纷纷亮起。庭院里三三两两的石偶小人仿佛要将自己藏身于夜色中。风吹过，凉棚上传来树叶的沙沙声，垂下的藤蔓轻轻摇曳。

　　"嫂子，坐在这种地方会有毛毛虫掉下来的。"

　　彰的声音隔着窗户传来。

　　"没事啦。"

　　"今年还没有洒过药，如果被刺到会相当疼的。"

　　弘之的母亲正在叠餐巾、放刀叉。她弯着腰，让叉子的顶端排成一线，绝不容许半丝紊乱。

　　在月色下，只有温室的玻璃发出朦胧的光。不论是白天还是夜晚，那里始终充斥着一成不变的静谧。

　　正如彰所说，铺的砖瓦上落了好几条毛毛虫，鲜艳的黄绿色的毛毛虫。有的正拼命地四处乱爬想要逃跑，有的摔烂了身体渗出透明的液体。

　　"嫂子，已经准备好了。"

　　彰与母亲来到凉台。

"来，凉子小姐，请多吃一些。"

她终于记住了我的名字。

"为什么那个温室就这么空着?"

我自言自语，并不是在问谁。

"那是我先生精心照料的温室，种了许多许多的植物，都快放不下了。但家里没有一个人对那些有兴趣……不管多么珍贵的花，没有人在意，也没有人赞扬。我先生死了以后没人照料，很快就全部枯萎了。"

我第一次听见她说话如此有条理。彰说最近换了一种药，大概是药效的缘故吧。她穿着围裙，态度也比平时好，眼神很平静。只是浓妆没有变化，今天的眼影是翡翠绿、松石蓝以及黄土色。

"我全都搬出去扔了。"

彰说。

"那些植物渐渐地全部枯萎，就像尸体腐烂一样。"

她踩扁脚边的毛毛虫。

"我觉得比起枯萎的温室，还是空荡荡的温室更适合纪念老爸。"

"说起来，路奇也曾躲在里面呢。"

她把拖鞋底在凉台边缘蹭了蹭，说道。

"是啊，从布拉格回来后有那么一阵。"

"一天早上起床后，就没看到他。大家一起找，才发现他躲在温室里。"

"是啊，我记得。他从里面用钢丝把门绑住，让门没法打开。"

"他很巧妙地把身子挤到兰花的花盆、芒果树还有肥料袋子形成的角落里。路奇那么大的孩子，竟然能藏进去，简直太不可思议了。他的两条腿用力弯曲，一只手滑入芒果树的树干之间，还有一只手搭着自己的屁股，下巴埋在膝盖当中。看不到他的表情，但感觉像是想要恶作剧却被夹在奇怪的缝隙里出不来了。我一开始还以为是他难为情，没脸见大家呢。"

她一直在说，循着记忆，语句流畅，就像在描述近在眼前的场景一般。

我们一起望向温室。穿过玻璃的月光层层交织，停滞于温室中无处可逃。我们直直地望着玻璃，仿佛在等待弘之的身影会因为母亲声音的指引而浮现。

"没关系，没有人会嘲笑你的，妈妈第一个保证；才一个小小的失败，不要紧的。——我这么说，但是路奇一动不动，连一根手指都没有动。我们渐渐担心了起来。他看起来似乎没有呼吸了！不是恶作剧也不是开玩笑，如果长时间保持那种姿势，身体会扭曲没法变回原样，血液也会不流畅导致手臂坏死的。我们当时特别担心。"

"于是，老爸和我折腾着想要把铁丝弄下来，老妈呜咽着去劝他，一大清早就鸡飞狗跳。现在想起来，只感到滑稽。"

彰靠在凉棚的柱子上挠了挠头皮，他的头发里还残留着海水的气味。

"滑稽？亏你说得出。妈妈和路奇都是认真的呢。我劝他：求求你了，快出来吧，不然你会像植物一样一辈子不能动了。"

"那，原因到底是什么？"

我问道。

"他就是用这样的方式，来宣布他不读高中了。"

彰回答。

"是的，之前完全没有交流过。总之，他把自己关起来，不去学校了。我提出要打破玻璃进去，也没有别的更好的办法了嘛。但我先生立刻反对，他说如果户外的空气进去，兰花会枯萎的……"

我听到厨房的烤箱定时器发出"叮"的一声，是肉烤好了吧。餐桌上摆着红酒与冷菜碟。

"走，去吃晚饭吧。"

彰说。

"然后那孩子——路奇突然抬起头，顺手撕扯身边的兰花吃了起来。狼吞虎咽，好像很好吃似的……"

弘之的母亲垂下眼帘，又踩死了一条毛毛虫。

十二

次日，我想在捷涅克来接我之前再去拜访一次洞窟，便独自乘坐有轨电车去了斯特拉霍夫修道院。从后庭的小道进入森林，再从与昨天相同的地方往下，但不管走了多久，都没有看到三叶草广场。我以为自己错过了，又折返回去往下走了更多的路，却还是如此。耳边尽是鸟儿的啼声，不见温室的踪影。

更重要的是，"记忆之泉"的香味也消失了。我闭上眼，想在树林中分辨出那缕香味，但不管我如何集中精神，都是白费工夫。

突然，洛雷塔教堂的钟声敲响了，清冷的余音缭绕在山丘中，鸟儿们齐齐飞起。我感觉如果继续留在这里会迷路，只好无奈地离开了修道院。

回去时我乘有轨电车到查理大桥后开始步行。或许是因为时间还早，几乎看不到观光客与小贩的身影。河面上雾霭袅袅，漂着几条粗制滥造的木船，还有垂钓的男人。水面上的桩子每根都栖息着一只鸟。

昨晚我怎么都睡不着，喝光了冰箱里的红酒，也没有效果。无奈之余，只好再度检查了一遍从日本带来的少之又少的线索：数学竞赛财团的地址——已经没用了；比赛会场贝特拉姆卡别墅的观光手册——明天或者后天去这里看看吧；在仙台与杉本史子见面时的录音带；还有，弘之留在软盘里关于香味的线索。

我坐在床沿上，靠着小桌子在昏暗的灯光下摊开便笺。因为反复读过许多遍，我已经完全记住了这几句话。

岩石缝隙间滴落的水滴，洞窟里潮湿的空气。

封闭的藏书室，染尘的微光。

黎明时分，刚刚冻结的湖面。

微微卷曲的死者的头发。

陈旧、褪色、柔软的天鹅绒。

铺在桥上的石子每一颗都已经磨损发黑，而弘之确确实实曾经踏在其中某一颗石子之上。到了布拉格之后，我始终无法从这样的思绪中抽身。或许他也曾握过这个门把手，或许他曾在这个凉台上边喝咖啡边眺望广场上的鸽子，或许他也在这条路上听过有轨电车拐弯时发出的声音。

失去弘之的我正和我所不了解的十六岁的弘之一样，走过同一座桥。我感到很不可思议，为什么他明明已经不在了，大桥却还是没有丝毫改变？

穿着厚外套、手提纸袋的老人与我擦肩而过。靠在栏杆上给水鸟喂面包屑的中年女子不知是否身患肾病，她双脚浮肿，脚背胀过单鞋的边缘。

没有一个人思考曾经有谁走过这座桥。大家只是从这边走向那边，从那边走到这边。

通往旧城广场的桥塔被朝阳照耀，有人正从塔上的小窗俯视着我。我一个激灵，定睛望去，却已看不到人影。

虽然不曾见过，但我竟然觉得那人和十六岁的弘之很像。但或许我只是被朝阳所欺，俯视我的是排列在栏杆上的三十座圣像而已。

"这里的温室也开着兰花呢。"

我说。

"是啊。"

那人点头。

"兰花是什么味道?"

我问。

"这个嘛……"

那人在黑暗中视线闪烁,思考了一会。不管什么样的问题,他都会仔细思考后才作答。

一开始我还担心是不是问了不该问的问题,但很快就习惯了。因为看守者的话语源自光不可及的洞窟深处,所以需要花些时间。

"可能有些苦,也可能并没有味道,但一定不会令人不痛快吧。"

"为什么?"

"那么美丽的花是不会伤人的。"

"对啊,那么我就安心了。"

我们面对面地坐在桌旁饮茶。那人的样子、洞窟岩壁湿润的触感、茶的暖意,都和昨天没有区别。令我几乎以为自己从昨天开始就一直在这里。

孔雀不知不觉聚集到了我们的周围。有的在暗处若隐若现，有的在桌子下伸长脖子。它们的头部到腹部，是一片令人生畏的浓郁的青绿色。或许是灯光的关系，或许这青绿色正是"记忆之泉"的源头。

"好奇妙。"

我说。

看守者将双手叠在膝上，安静地等我说下去。

"早上我想来拜访你，但到了修道院的后院却迷路了。明明清楚地记得路线的……然后，我请导游捷涅克带我来，看，我又找到了。"

"那真是太好了。"

"山坡下有好几条林中小道吗？"

"呃，不清楚。只有带孔雀去温室玩耍的时候，我才会出洞窟。"

我在旅馆老板娘借给我的地图上指着修道院，手口并用地表示我想再去一次洞窟，捷涅克立刻就明白了，并且毫不犹疑地带我来到小路，然后露出一副"请随意，我在停车场等你"的表情。我邀请他一起去，但他礼貌地拒绝了。

在小道的入口处，我首先探索气味。没有错！转过身，已不见捷涅克的身影。

"孔雀看守者的工作是什么?"

昨晚躺在床上,我的心头涌起许多关于洞窟与孔雀看守者的疑问,并为此久久不能入眠。但见着了真人,却又不知哪个才是真正该问的问题。在问长问短之间,我忽然领悟到或许自己并非想知道答案,而只是想多闻一会儿这缕香。

"并不是什么特别的工作。喂饲料,给它们喝水,修剪羽毛,帮它们筑巢,唔,差不多就这些。"

第一次这么近距离地观看孔雀。它们的腿细而弯曲,但爪子尖锐发达,能轻松地钩住岩石上的突起。比起雄鸟,雌鸟只有过于寒酸的褐色羽毛,但头上的羽冠是标准的扇形。它们的眼睛一直滴溜溜地打转,似乎不停地在追逐着什么,而蓝绿色的脖子也随之左右扭动。收起的尾羽擦过岩石,被水滴打湿的羽毛飘落在各处。

看着这些孔雀,我发现那香味愈加浓郁,不禁担心香水瓶的盖子松开了,不住地将手探入手提包。香水瓶盖一直拧得紧紧的。

一只孔雀嘎地叫了一声。看守者有些责备地看了一眼,它立刻停止了叫唤。

"它们吃什么?"

"主要是树木的果实,温室里有很多,要多少都有。"

"孔雀在这里也会开屏吗?"

"当然。"

"如果它们肯开屏给我看就好了。"

"本来孔雀开屏的时间也不长,有些炫耀地开屏后,忽然低头一看,立刻就因为自己的腿太丑而吓得收起来了。"

的确,孔雀的脚爪就像干枯的小树枝,寒碜得承载不起华丽的羽毛。

"有人曾经告诉我,孔雀是记忆之神的使者。"

我说。

"是的,正是那样。"

看守者抚摸近处的孔雀的脖子。他一动,裹在身上的黑布就跟着动,搅动了黑暗,香味的结晶也随之飘荡。

架子上满满当当的小罐子在灯光下泛出乳白色的光,乳白色很柔滑,让人忍不住想用双手捧起。

"昨天,我跟你说过调香室的事吧?"

看守者点点头。

不,我并不确定他是不是真的点头了,只是这么觉得。那人的轮廓并不明晰,与黑暗融为一体。所以,我只能用感官之外的感觉去感受他。

"路奇，是可以调制出孔雀带来的记忆之香的人。"

玲子老师不在的夜晚，我们常常溜进调香室玩猜香的游戏。关上房间里的灯，只留一盏调香室书桌上的白炽灯。月光直直地从阳台照进来，留下一条清晰的光的路。

"那么，就从这个开始。"

路奇伸手拿起一个小瓶，在试香纸上滴下一小滴。

"来，能闻出来吗？"

他穿着平时的白大褂，很适合他的白大褂。为了不留下多余的香味，这件白大褂被反复清洗都旧了，却更衬得他的聪明。

我把试香纸放到鼻子旁，想要模仿路奇的动作，却怎么都无法像他那般灵巧地捏住细长的纸条。不是捏得太多了，就是捏得太紧了。路奇的十根手指能够巧妙掌握所有与香味有关的工具。

"给点提示。"

"这就要？一开始没提示。"

我思考着，让神经集中于鼻子。但比起猜香味，偷瞧正盯着我看的路奇的侧脸其实更重要。

"枣子?"

"错,不过确实是天然香料。"

"那么……地衣?"

"不对,答案和上周第四个问题一样。"

"我怎么可能记得嘛。"

路奇只是露出恶作剧般的笑容,不肯轻易告诉我正确答案。

调香室很小,每一件器具都在它们该待的地方,留给我们的空间十分有限。我们的身体不时碰到一起,但都不至于影响到游戏,只是让彼此的呼吸听起来更为接近。就是如此狭小的空间。在此处,我们仿佛比在床上相拥时更紧密。

"乱猜也没有用哦,你得努力回忆起以前是在什么样的情形下闻到的同样味道。"

"已经忘记的事怎么可能想起来嘛。等一下,啊,我知道了!是什么植物的树脂吧?"

"还是不对,是麝香。"

路奇终于放弃,揭开了谜底。他每次都希望由我自己猜出答案,总是很纠结,而这纠结的表情是我很喜欢的。

"麝香是什么来着?"

"从雄麝腹部的腺囊里获取的香料，它非常昂贵，要对玲子老师保密哦。"

我并没察觉路奇是真的对所谓"正确答案"感到畏怯。他已经在数学竞赛上将一辈子的正确答案都给尽了。但是，我却因为想看他纠结的表情而故意选择回答错误。

"第二题是这个。"

把麝香纸夹在试香纸夹里，我们继续下一题。

"是绿茶吗?"

"是白檀的芯材。来，下一个。"

"是香菜吧?"

"差一点，是洋金花，也就是牵牛花。下一个。"

"这次我可要猜对了，是佛手!"

"越错越离谱了，是琥珀啦。"

我们笑了。明明没有旁人无须避讳，但不知为何，我们却彼此凑近了脸小声窃笑。

身边都是香料瓶。褐色的瓶子小得可以握于掌心中，上面贴着记有提取日期与名称的标签。瓶身舒缓，旋钮式瓶盖如蘑菇一般浑圆。它们覆盖了整面墙，间距统一，排列整齐，每一张标签都工工整整，没有丝毫的不对。确实是路奇分类后的样子。

路奇能毫不犹豫地取出想要的瓶子。左手握紧瓶身，右手打开盖子，只听到微微一声玻璃摩擦的声响——几乎让我以为那是他的手指发出的。从烧杯中抽出一张试香纸，举到眼睛的高度，然后用吸管汲取一滴香料，接着快速地盖上瓶盖防止香气外泄。他就像一气呵成完成了一幅刺绣，没有偏差。瓶子很快回到架子上的正确位置，滴在试香纸上的香料化为香气进入他的体内。他放平试香纸，时而凑近时而拉远，试图抓住香味的真正姿态。

白炽灯微弱的光照在瓶子上，成了褐色的光。光线笼罩着路奇，周围的空气变得凛冽，而他鼻子的轮廓也显得愈加魅惑。每个瓶子都是美丽而忠诚的。

"怎么了？"

"只是看看你。"

"最后的问题了。"

"……嗯，我知道。是海狸香！"

我终于说出了一个正确答案，却完全不知为时已晚。

"明天或许会下雨。"

"为什么？"

"就是有这样的气味。"

我们在调香室的地板上做爱，静静地交缠，不弄乱一个瓶子。

孔雀发出鸣叫。我立刻回头去看，却还是搞不清到底是哪只发出的叫声。那人则依旧坐在桌子的对面。

"我一直都在这里？"

连我自己都觉得这个问题很奇怪。

"是的。"

看守者回答了一句，重新斟上茶。茶水注入杯中的声音，仿佛在告诉我不用担心任何事情。

"好奇怪，我刚才在闻海狸香的味道……路奇环着我的肩，让我躺倒在地板上……我可以看到桌子上放着的电子秤、烧杯、玻璃棒以及蒸馏酒精，还有放香料的瓶子。我们被关在很多很多瓶子中间。现在手上还很清楚地留着握住试香纸的触感……"

我对着那人伸出手，手指握紧又张开。

"没关系，你很快就能习惯了。"

那人说。

"等得不耐烦了吧？"

捷涅克重新绑了鞋带。

"说了那么多次叫你一起去……我可没办法跟你解释洞窟是个什么样的地方哦。"

他把手掌搭在我肩上，仿佛在说：没事，没事的。

"我在那里待了多久？不小心就坐久了，并不是把你忘记了哦。很无聊吗？"

捷涅克从饮水站的台阶上站起身，指了指黑色的箱子，重复着："Akorat，akorat."①

他说的是一直放在小货车后方的箱子。仔细一看，是个乐器盒。捷涅克松开锁，打开盖子，是一把大提琴。

"哇，是大提琴。哎，是吧？这是大提琴吧？"

我情不自禁地重复着相同的话。因为我想起了弘之交给香水工坊的简历上的一行字——特长：演奏弦乐器，小学时在当地的儿童交响乐团担任大提琴手……

捷涅克没有回答我，而是从盒中取出大提琴，并拿起了琴弓。他看着就像抱起了某样心爱之物。

虽然我不是专家，但也立刻明白那不是高级的大提琴。琴身上伤痕累累，油漆也已剥落，而且下方的支撑棒也歪了。

---

① 捷克语，"正好"的意思。

捷涅克把左手手指放到弦上，拉响了琴弓。琴声出乎意料地悠扬，但停车场里的观光客一个也没有看我们。

是什么曲子呢？我曾经在哪里听过。摁着弦的手指变换着不同的手势，有时弯曲成钩，有时用力张开，还有时晃动着关节以发出颤音。音色柔和，仿佛来自地底，一直在我的脚边缭绕，绝不蹦弹到远处。

琴弓微微颤动，下一瞬间却又舒缓滑动，在余音将消未消之际又诞生出新的乐曲。捷涅克垂着眼帘，微侧着头，没有在意手指的位置，只把全部的注意力集中于音乐本身。

大提琴驯服地被他拥于怀中。他的头靠向左肩，手指不离琴弦，双腿优雅地夹着琴身。

是贝多芬的《小步舞曲》，我在心里无声地说道。忽然产生一种错觉，仿佛被他拥于怀中的并非大提琴而是我自己。我感到只要把身体交付于他，倾听音乐，便无须再担心任何事。

琴弓停下，琴弦静止，《小步舞曲》结束了最后一个音符。我拍起手，捷涅克因为难为情而红了脸。

"谢谢。"

"不客气。"

不知不觉间，我已经无法区别他的嗓音与大提琴的音色了。

"陈旧、褪色、柔软的天鹅绒。"

我把手伸向贴在琴盒内侧的天鹅绒。

十三

"测试，测试……四月三十日，下午三点半。对杉本史子——现已改名为栗田史子女士的采访。地点是仙台广场旅馆的咖啡厅。"

录音键按下之后，先是一阵沉默。咖啡厅里很吵。不久咖啡被端了上来，我听到自己问她要不要加牛奶的声音。

"我还以为你一定是在大学或是哪里研究数学呢。毕竟曾轻易地解开了大学老师都解不开的题目，还被选为日本的代表。"

"不，数学竞赛就像是游戏一样的东西。比起数学上的能力，它更不可缺的是不被环境影响的坚韧神经与可以在短时间内做出判断的勇气。数学家的工作是踏实研究尚不知道正确与否的东西，而竞赛上出的题目全都已经有了正确答案。"

"你在大学里并没有继续学习数学?"

"是的，我学的建筑学，如今在家专心带孩子。他不是也走进了和数学无关的香水的世界吗?"

……

"这盒磁带，真的不会对外泄露吗?"

"当然。不论多小的细节，都有可能隐藏着不一样的意思，一想到这个我就心中没底，所以才录音的。如果你觉得不自在，我立刻就停下。"

"不，没关系，就这样继续吧。"

"谢谢。……这次的事，你不知道吗?"

"嗯，一点都不知道。听你说起才知道的……"

"你和他联系过吗?"

"布拉格大赛结束后已经十五年多了，那次之后，我和路奇就再没见过，也不知道他当了调香师。"

"史子女士也用这个昵称叫他呢。"

"路奇……你不觉得这个昵称十分适合他吗? 英俊、青春、聪明得连他自己都感到害怕。"

……

"我能告诉你的只是些微不足道的小事，可能无法达到你的期待值。毕竟，我和路奇一起度过的时间还不到一个月，而且在绝大部分的时间里，都是在解数学题。

"第一次见到他是在一九八一年三月八日，欧洲数学竞赛国内复试的会场上。他的座位就在我旁边，而说话的契机是因为借他笔。他忘记带铅笔盒了，我就把备用的铅笔、尺子借给了他，橡皮也用剪刀一分为二。

"他说他是故意忘记带的，说只要犯一个小错，之后就能一切顺利。错误是不会在一天里频繁发生的，这是他的意见。

"起先我以为他想在测试中得高分，但并不是这样。路奇所说的'错误'包含了某种宗教的意义。也就是说，他每天都会预先准备好一个错误，祈求上帝在这一天内不会心血来潮，一切能够平安如常。和考试并没有什么关系。

"当我通过复试赛去参加决赛的时候，首先就是寻找他的身影。我是如此记挂他。是的，就在这短短的时间里，我恋爱了。

"为什么那时可以这么轻易地喜欢上一个人呢？自己都感到很不可思议。只是说了几句关于'错误'的事情而已，却已经被他的一切深深吸引了。

"我很清楚你希望我能说说关于路奇的事。但老实说，在这十五年里，留给我印象最深的不是我们两个人之间发生的事，也不是他的模样，而是自己在当时对他的感情。只有这个烙在了我的记忆之墙上。所以，要说关于路奇的事，就只能顺着那道墙上的印记来了。

"我问他：'今天你犯了什么错？'路奇回答：'我没在答题纸上写名字。为什么会没察觉到这么明显的事？这是最快速、最有效的，不是吗？'他说着笑了。

"我很担心他因为没有写名字而不合格。如果他落选，我们便不会再见了，我不想这样。他准备好的小差错，对我而言却可能是无法挽回的。

"但是担心是多余的，他得了最高分。没有人会因为没有写名字就将这么优秀的答卷作废的。他在数学的世界里绝不会出差错。

"他母亲吗？嗯，我认识她，还一起去了布拉格。是啊，该怎么说好呢？我感觉她对路奇自豪得不得了，都已经无法掩饰了。她总是穿着颜色鲜艳的高级套装，蹬着高跟鞋，很气派的样子。

"不过，应该不怎么喜欢我。她应该不知道我和路奇互相吸引——我们掩饰得很好，没让任何人发现。我觉得是因为我是五个人当中唯一的女孩子，采访总是集中在我身上，所以她很不高兴。

"到布拉格的第一个晚上有一个欢迎派对，他母亲借给我一件洋装，是印有鸢尾草的黄色无袖连衣裙，裙摆很蓬，是件很可爱的连衣裙。她还特地帮我扣了背上的扣子。不过，派对结束的时候，我一摸背，却发现正中的两颗纽扣都松开了。

"当然，这可能是中途松开的。对，一定就是这样的。但当时，我却认定是他的母亲捉弄的。真是愚蠢。请不要鄙视我，毕竟我当时还只是个十七岁的少女。

"暑假刚开始，在出发去布拉格之前有为期一周的集训。大家聚集在赞助商位于轻井泽的养生会所里，从早到晚和数学打交道。早上九点开始小测验，然后是大学老师为我们讲课，下午做欧洲竞赛的历年真题以及进行一对一的面谈，晚上自修。

"我们五个人很快就打成一片。路奇总是焦点。他就是那种总会成为中心的人，不管那里是五十人还是一百人。

"当然，或许这是因为他在数学上的能力。但不仅仅是这样，他有一种，唔，被选中的人所特有的光彩。就好像从天而降的光只会照耀着他，让人产生'啊，我也朝他靠近些，我也想沐浴在那种温暖里'的想法……

"唯一让我不明白的是，路奇在解开难题时那种非常抱歉的态度。不是谦虚或者谨慎，他好像确确实实产生了一种罪恶感。

"本来，他这种无欲无求的态度也是其他选手以及老师们喜欢他的原因。但或许他本身所应具备的自信，全部被他母亲吸走了。

"每次看见他那个样子，我都会在心中忍不住嘀咕：来，挺起胸膛，求你别心神不定地用粉笔画裤子了，你写下的答案是如此美丽。

"事实上，他写的数学公式的确很美。即使只是非常普通的定理或者符号，一旦经由他的手写出时，似乎就会脱胎换骨成别的东西。像是钢琴的一个一个音符连成了奏鸣曲，又仿佛芭蕾舞者的身体瞬间化为天鹅一般，就是这样的感觉。对我而言，能在他的身边看着他书写的数学公式，是同样的意义。

"自修时间，我们常常两个人溜出养生会所，四处探索。在万平旅馆的凉台上吃雪芭，潜入门窗紧闭的别馆，乘坏掉的船。

"他还帮我写剧本。我必须在暑假里写完秋天戏剧大赛上要演的戏，于是他就惟妙惟肖地帮我念台词。

"只有两个人的时候，我们完全不说数学。那么，我们聊些什么呢？现在已经一点都想不起来了，但我还记得路奇的侧脸。

"那是一栋很大的洋房，已经常年不用被弃置了，但以前肯定是用来召开有钱人盛大舞会的地方。我们坐在那里的门廊下接吻。我的裙子滑落下去，就像夏蝉脱了壳。"

……

"你是他的女朋友，对你说这些是不是有点残酷？而且路奇他……"

"不，请不要介意。只要是关于路奇的过去，我都想知道。"

"这些事情，路奇不是都该跟你说过吗?"

"我什么都不知道，连他擅长数学都不知道。"

服务生来给咖啡续杯。有女性在笑，广播里在找人，史子把纸巾揉成了团。

"但是——"

她想要说些什么，磁带到头了。我把它翻了个面，又一次按下播放键。

……

"为什么你要来找我？我们只是参加了同一场竞赛而已。"

"我看过以前的报纸，你在高中时似乎是戏剧部的吧?"

"是的。"

"路奇给香水工坊提交的简历上，说他曾经在美国的大学留学学习戏剧，以戏剧部顾问的身份连续三年在全国高中戏剧大赛上获奖。"

"所以?"

"都是假的。"

"这是怎么回事?"

"我不知道。但是，唯一可以确定的是，他在写简历的时候一定想到了你。"

……

"是的，是在布拉格。那就说说布拉格吧，在那里确实发生了一场风波，虽然不应该发生的。

"事实到底如何，我们不太清楚，没人详细解释过。反正，最后是以路奇中途弃权的形式含糊了事的。

"竞赛的举办地点在贝特拉姆卡别墅，为期两天。我们日本代表团也都投宿在那里，因为没有钱住旅馆。

　　"第一天，当前半程的三题结束后，老实说日本队已经没了士气。团长似乎也没想到题会那么难，挺受刺激。题目尽是我们并不注重的初等集合以及集合的问题，占我们应试数学中绝大比例的微分、积分、数列、线性变换等方面的题几乎没有出。

　　"只有路奇一个人例外，他的第一题和第二题全对，而第三题的论证虽然有一部分不完善，但预测八分可以拿到六分。如果能保持这个势头，至少可以进前十五名。出发前定的目标是，在二十四国中排到前十名。那这样的话，他毫无疑问地可以获得奖牌。

　　"第二天的竞赛午休时分，匈牙利的选手忽然扔下咖啡杯大声嚷嚷，说咖啡里有毒。

　　"那天天气非常好，大家都在庭院草坪上享用自助餐。咖啡洒在了草坪上，杯子也碎了。选手们、同行人员、主办方、陪同的长辈，大家都围着他，口中嚷着不同的语言。有人因为害怕而哭泣，有人用手指抠喉咙，还有人和厨师争辩。场面十分混乱，谁都无法收拾。而在这期间，刚才我们考试的大厅里依旧播放着莫扎特的第三十八交响曲。

　　"结果，当天的竞赛中断，延期到下一天。没有人对我们做出任何说明，我们被安排在别的房间里，等了很久。

　　"匈牙利的男孩被送去了医院，警察似乎也来了。大家都肆意猜测。这件事情对哪个国家有利？题目会变吗？如果比赛就这么中止，名次会怎么排？甚至还有人很兴奋，喜形于色。

　　"路奇他……是的，他和平时一样。他用手肘碰了碰我说，反正闲着，正好可以继续写剧本。于是，我们在答卷纸的反面写起了第三幕第二场戏的台词。

　　"匈牙利的男孩经检查并没有异常，回到了会场。他说自己觉察到咖啡味道有异便立刻吐了出来，基本没有喝下去。不过杯底并没有检验出毒物，只有微量的餐具洗涤剂。

　　"最后得出的结论是，可能洗涤剂没有冲洗干净。总之，这一天就这么收了场。谁都会这么认为的，是厨房的阿姨没有好好洗杯子，仅此而已，再无其他。

　　"然而第二天，路奇忽然回日本了，连一句再见都没有说。第三幕的第二场戏也没写完……

　　"据说他向团长坦白是自己把洗涤剂放进了咖啡，说是因为第一次参加国际大赛，与世界各国的精英互相竞争压力太大，最后干了傻事。

　　"你会信吗？这太乱来了。得出正解都会觉得歉疚的人，怎么会想着把别人踢下马自己拿第一呢？我实在是搞不明白。

"我只是因为路奇不在，悲伤得不能自已。

"团长对我们剩下的四个人说的意思大致是：不要把事情闹大，不论别国的人来问什么都不要多嘴，保持平常心努力攻克剩下的题目；弘之是因为身体不适回国的。

"但是，已经太迟了。

"冠军是苏联队，而那个匈牙利人以满分获得了个人金牌。

"我想，或许这就是他总会事先准备好的'错误'？为什么他会那么害怕上帝心血来潮使点绊子？要知道，路奇的数学才能只可能是上帝心血来潮才特别赐给他的，在他的身上不会再有别的心血来潮的事情了……"

……

"从布拉格回来后，你和路奇联络上了吗?"

"没有。"

"为什么?"

"我不知道他的联络方式。打电话问日本数理科学振兴会，但他们不肯告诉我。大概是因为布拉格的那件事过于紧张吧。我也给他的学校打过电话，但得到的消息是他已经退学了。除此以外，我无能为力，只能静静地等待路奇来联络我。我竖起耳朵听电话的铃声，满心期待地打开信箱门，但一无所获。"

"后来怎么样了？"

"我渐渐地等累了，开始想或许真的是路奇放了洗涤剂，所以他才没脸再出现在我面前。我想用这种假设来忘记他。

"在布拉格最深刻的记忆，是我们两个人一起去滑冰。我们偷偷地溜出宿舍乘出租车，啊，对，他能用捷克语准确地告知司机目的地。他说，不管去哪里，最重要的词语就是'滑冰场'。

"他滑得很好，我不由得看入迷了。我出生在北方，也很会滑冰，却无法跟他相提并论。

"宽敞的滑冰场上有很多人，有花样滑冰教室的孩子们，有练习冰球的人，还有情侣以及全家来玩的人们。我们滑行在他们之间。

"我们的头发飘起来，冰花四溅，有时冰刀因为撞击发出清澈的声音。虽然我们手拉着手，但速度实在太快了，总是要松脱。于是，我一次次地用力握紧。冰刀在冰面上刻下的图案，就和他写下的数学公式一样美丽。

"啊，如果时间能就此停止该有多好，我祈祷着。这个愿望并不足奇，但我最近认识到，在人生中，能像这样发自内心地期盼某事的瞬间其实并不会太多。

"路奇的喘息就在耳边，我们靠得很近，似乎张开手就能拥抱到彼此。

"忽然，他的手松开了。我一惊，却抓了个空。他跳起来，旋转两周，然后单脚着地画出一个半圆。他似乎心情很好，似乎忘记了明天还有数学竞赛的事。

"周围有几个人转过身，停下脚步，于是前方空出了一小块空间。他滑了进去，像芭蕾舞者一样起跳，然后开始了旋转。

"速度渐渐加快，他的双手在头顶上方伸得笔直，单腿支撑，另一条腿缠住它。他的头发像降落伞一般张开。速度越来越快，冰刀在原地持续旋转。我看不见他的表情，他身体的轮廓渐渐模糊，就像被风吹散了一般。

"欢呼声四起。花样滑冰教室的学生、身穿冰球防护装备的人，都站在冰上看着路奇。即使是在布拉格的滑冰场上，他仍然是处于圆心的那一个人。

"旋转的速度始终不见减缓，应该说，是愈加迅速。欢呼声也更为响亮。滑冰场里所有人的视线都集中在路奇身上。

"我开始有些担心，如果他转得停不下来了该怎么办？如果我不去帮忙，他会不会就永远旋转下去？他的轮廓是不是会越来越模糊，最后就消失了？……我这么想着，害怕得不行，背上冷汗直冒，心跳加速，站立不安。就在我要大声叫唤他的时候——

"旋转停止了。风已平息，包裹着他的是安静。路奇环视众人，脸上的表情就好像自己从刚才开始一直只是站在这里而已。大家一起拍手，掌声沸腾。他把左手贴在胸前，装模作样地行了个礼。态度和解答数学题时完全相反，落落大方，甚是自豪。

"我紧紧抱住他，把脸埋在他胸前，不停地说着'太好了'。是的，我都快哭了。我闻到了路奇的味道，不是体味或者化妆品的味道。我表达不出来，但是在他身边就能感觉到，是那种证明路奇就是路奇的一种余韵。

"周围的人大概都以为我是被这超乎寻常的旋转感动了吧。不是，我只是觉得路奇没有消失真是太好了，只是在为这件事感到喜悦。没想到，短短几天后，我的担心竟然成了真……

"正要离开滑冰场时，我才发现自己的钱包被偷了。滑冰的时候小包挂在脖子上，现在小包拉链是开着的，里面的钱包不见了。路奇身上的钱不够打车，我们在迷茫中乘上公交车，结果被带去了方向相反的地方，只好无奈又步行了两小时，总算是回到了贝特拉姆卡别墅。太阳已经完全下山了，我们饥肠辘辘，大家都担心地等在门外。团长并没有特别生气，毕竟明天就是动真格的正式比赛。

"'要保密哦。'

"回房间时路奇在我的耳边轻轻说道，带着恶作剧般的笑容。一直到今天在这里自白为止，我都忠实地遵守了这个约定。

"回到日本后我就想给路奇打电话，这才发现写有电话号码的便笺放在了钱包里。"

……

"关于路奇，我所能说的就是这些。"

……

十四

在国道上的巴士站下车，走了一小会儿就是彰工作的店。这家店宽敞亮堂，生意兴隆。

日用杂货、工具、文具、电气化制品、宠物用品……应有尽有。我在所有的陈列架之间穿梭了一圈，却没有找到彰。

无奈之下，只好开始寻找弘之母亲拜托我买的手套。她要求的是三双雪白的、百分之百丝绸材质的手套。不知道她要用来做什么，也就很难找到合适的柜台。

最后在文具柜台的一角找到了，它和奖状、放奖状的筒、框、红白缎带以及奖杯放在一起出售。我第一次知道原来还有卖奖杯的地方，也明白了她买手套果然还是为了弘之。

彰在后门的商品入库口干活，打开装有钻头、螺丝钳以及车床的纸箱，解开捆扎的细绳，清点数量后记录在档案上。有些货物看起来很重，他也能轻易抬起；有些物品的顶端是锋利的刀刃，他也能若无其事地抱住；别的工作人员跟他说话时，他总能满脸笑容地回两三句玩笑话，但手上活不停，一直利索地工作。油污将他围裙上的商店标志染得几乎看不见了，衬衫背部也因汗水湿透了。

"咦，嫂子？怎么了？"

彰发现了我。

"你母亲让我买点东西。"

"搞什么呀，手套这种东西跟我说不就好了。"

他用围裙的一角擦拭着汗水，一点都不介意额头被油污弄得更脏了。

"没事，反正我也打算去车站买新干线的车票。"

"回去的车票?"

"我决定明天回东京。"

"是吗……"

彰拾起脚边纠结的打包绳，揉成一团后扔进了空纸箱。

"我打算回趟家把积着的琐事处理掉，然后联系一个叫杉本史子的人。不管结果如何，我都要去布拉格。"

"你一个人去不要紧吗？要不我也……"

"谢谢，但是没关系。你有工作，而且还要照顾你的母亲。"

"我知道这么说很残酷，但是，不管你见谁，去哪里，事情都不会有任何改变的。"

"嗯，我很清楚。所以，没关系的。"

彰把工具堆成一座稳稳的小山。每一件都是没有瑕疵的新品，隐隐闪着银光。

"工作时间打扰你，真是不好意思。"

"今天是早班，三点就能结束了。你能去对面的茶坊等我吗？一起回去吧，路上再去一下超市买晚饭的食材。"

"难得早班，还是去和女朋友约会吧。你母亲的晚餐我会做的。"

"不用约会啦，而且老妈只吃我做的饭。可以吧？一起回去吧。我会很快把这些整理好的。"

彰一脸纯真地反复劝我。我点了点头，他又一次开心地用围裙擦了擦汗。

　　戴着在彰的店里购买的手套，我们在弘之母亲的命令下擦拭奖杯。

　　和彰一起回到家，却发现所有的奖杯都被摆在长廊上，而她正在准备工作必需的道具——打磨膏、刷子以及好几种布。

　　我们照她说的坐在长廊上，拿起奖杯一个一个地打磨。她的指示烦琐细致，任何一步若稍有马虎，她都会一眼看出然后要求我们重新来过。

　　"为什么偏偏非得今天做这种事？这是跟嫂子一起吃的最后一顿晚饭，我还打算花点心思认真做呢，这样会弄到很晚了。"

　　彰发着牢骚，她毫不理睬。

　　"所以才要三个人一起，快点解决。"

　　她说着，把一个大个子——看起来就很费工夫的奖杯递给彰。

　　"凉子小姐你是第一次，要好好地做，不能搞错，知道吗？总之请慎重行事，这是最重要的一点。如果碰伤或者弄坏，那可就无法挽回了。就算你让路奇再去拿一座相同的奖杯回来，也无济于事。知道了吧？"

　　首先用刷子掸去灰尘，喷上清洁剂，用棉布把污垢擦去——有些文字刻在底座上，得用棉花棒一个笔画一个笔画地抠着擦；将松掉的螺丝拧紧；挤出三厘米的打磨膏在尼龙布上，均匀地抹遍整个奖杯，接着用羊毛布再次擦拭——那些细微的笔画还是需要棉花棒；用熨斗熨平装饰缎带，掸最后一次灰，放回原处。当然，这些过程绝不可脱下手套。

　　以上是大致程序，其实还有更多要求只不过我没记住。但我还是集中注意力，尽量满足她的要求。

　　"啊，凉子小姐！这个特别精巧，很容易弄坏，千万要注意哦。用布的顺序是棉布、尼龙布、羊毛布，你可别弄错。"

　　弘之的母亲明明埋头干着自己的活，仍然没放过我的一举一动。

　　"你不这么啰唆，嫂子也能做好的。"

　　彰一直在抱怨。但是和粗暴的抱怨相反，他手上的动作非常仔细，好像在无意中也默认了母亲所说的话，认为自己手中的物品是无可替代的。对于母亲提出的种种苛求，也绝无半点敷衍。

　　一直擦一直擦，需要清理的奖杯却不见少，这个工程看来会没完没了了。为了避免被日光直射，长廊上的窗帘拉上了，所以整个空间朦胧又昏暗。有人探身去拿清洁剂的瓶子，膝盖撞到了地板。有人脚麻了，不由得扭动身体。每当这时，地板就会响起嘎吱嘎吱的声音。

彰不时地聊起最近看过的电影，或者发发政治家的牢骚，或者讲起店里的奇怪客人。我偶尔接上他的话发表点看法或者提起新的话题时，弘之的母亲就会立刻插上一嘴。

"这场比赛可难了，在体育馆里举行，那么多观众看着，一对一地对决呢。要在很大的黑板上解答哦。但放心，路奇赢了。我也不用提醒他'不要忘记写名字哦'，乐得轻松自在。"

是的，她只会说关于路奇的竞赛的事。

"对，路奇总是冠军。"

必然地，彰总是停下说到一半的话题去附和自己的母亲。

手套也难掩她手指的瘦骨嶙峋，而且触碰奖杯的动作太过小心，看起来甚至有些怯懦。

在她的世界中，弘之到底是活着还是死了？三个人都闭口不谈的时候，只听到擦拭布发出哧溜哧溜的声音。每个人都将视线集中于自己的手边。

很快，三个人的动作形成了统一的节奏，再无任何停滞。奖杯、六只手臂还有三块布，形成了一条流水线。一个奖杯先被拥于膝上，经双手充分爱抚后，重新回到长廊的一侧。母亲的做法看来是正确的，擦拭后的奖杯们平添光彩，更显荣耀。

这是个没有风的平静下午，连小鸟的啼声也没有。沐浴在阳光中的窗帘暖暖的，手套里一片汗涔涔。我们被关在奖杯的城堡中，谁都没有企图逃脱。我们只是一个劲地打磨、擦拭。

"明天几点的车？"

彰问。

"下午第一班。"

我回答。

"那我送你去车站吧，明天是晚班。"

"谢谢。"

"话说'现代数学协会杯'的时候，你得了麻疹，带你一起去就是个错误。怕你会传染给路奇，我担心得都不知如何是好，赶紧把你爸爸从旅馆叫过来，说不管是打针还是挂点滴，总之要快点治好！"

"真是对不起啊，妈妈。但路奇还是冠军吧？"

"当然，看，就像这样。"

她举起"现代数学协会杯"的奖杯，仔细确认是否还有污渍。

"我希望你能打电话给我。"

彰说。

"嗯，如果发现什么新情况一定会跟你联系的。"

"就算跟哥哥无关的事情也可以，我希望你能打电话给我。"

"嗯，我会的。"

彰开始熨缎带，我挤着打磨膏。

"那次比赛的题目有错，路奇指出了错误……"

她又开始说竞赛的事。

手中是一座高大厚实的奖杯。雕饰在顶部的文字细小而复杂，仔细一看，原来是 ∞、Σ 以及 $\int$ 符号的组合，打磨起来很费工夫。我仔细地涂着打磨膏，不放过任何细小的缝隙。杯身是顺滑的流线型，底座则是货真价实的大理石。

"嗯，是的，就像妈妈说的那样。"

我听到彰回应他母亲的声音。

大理石上刻着弘之的名字，我一个笔画一个笔画地细心擦拭。奖杯很乖巧地待在我的膝上。

彰又开始擦拭新的奖杯，他的母亲还在忘我地检查"现代数学协会杯"的奖杯。日渐西斜。

渐渐地，我开始觉得，我们正在清理的是弘之的骨头。

"如果可以的话……"我让她坐在化妆台的镜子前，"今天能让我为您化妆吗？"

"凉子小姐？真的吗？哇，我好高兴！"出乎意料地，她竟爽快地接受了我的提议，"你是从事这方面工作的吗？"

"不，不是。只是我在想，您要是稍微改变一下妆容，会显得更美丽。"

我把围布披在她的肩上，她的肩膀瘦弱得仿佛稍微用点力就能让它散架。

"准备好了吗？那我开始了。"

我跪在她身旁，一边从下往上审视着她的脸庞，一边拍上化妆水。

素颜的她反而显得年轻，肌肤有弹性，皱纹也不如用粉底掩饰时那么显眼。而且正如我预想的一样，素颜和弘之更相像了。特别是这般直接触碰着她的脸时，觉得更像了。黑色的瞳孔，额头的形状，下巴的轮廓，鼻子的阴影，都是一样的。

化妆台上陈列着为数可观的化妆品，估计连百货店的化妆品柜台都不一定能收集得如此完整。各种形状的瓶子、盒子、筒、刷子、粉扑都按照她擅长的分类法摆放有序，而且是那种兼顾种类、颜色还有大小的复杂分类法。化妆台上每一寸空间都没有浪费。

调香室也是这样，密密麻麻没有一丝空隙，让人犹豫着无法贸然出手。我一边想着，一边把手伸向一瓶提亮型粉底液。

"哎，才这点就可以了吗？要不要再把这里，看，这里的斑遮掉比较好？"

她盯着镜子说。

"不用，看不见斑的，这样就足够漂亮了。"

"是吗？"

她还是一脸狐疑。

我为她扫上腮红，画好眉毛。

"白粉呢？"

"那个不好，会让肌肤显得不透明，看起来脸色更差。"

"那是我订婚后我先生买的，也是他给我的唯一的礼物。我想快些用完它，每天都扑很多，却一点都不见少。"

"可以闭一下眼睛吗?"

我给她涂上淡淡的蓝色眼影,又刷了睫毛液。睫毛又长又卷,很有魅力。她一直听话地闭着眼一动不动。

"不过会送白粉当礼物,这样的先生真不错啊。"

"是吗? 但到现在还没用完,也算是固执了。"

"好了,请睁开眼睛。"

她慢慢地睁开眼,仿佛怕弄花了好不容易才化好的妆。

"那个人,如果能多疼爱孩子们些就好了……"

她叹息着,没有对眼影发表看法。

"是忙于医院的工作吧?"

"他回到家基本就躲在温室里,到最后索性把椅子和桌子都搬了进去,连饭也在里面吃。"

"您也喜欢花吧?"

"嗯,当然了,很漂亮呢。但是,我对我先生培育的花喜欢不起来。"

我拉出镜子下方的扁平抽屉,里面塞满了口红。我随意抽出一支。

"路奇三岁的时候,就能认出温室里所有的花。而且不是单纯地记住名字,蒙上他的眼睛,光凭香味就能猜出是什么花。你相信吗?"

她对着镜子里的我说。

"光凭香味?"

"是的。君子兰、紫罗兰、九重葛、文殊兰、秋海棠……哪种都行,只要凑近鼻子,吸一口气,就能猜得不差分毫。明明连话都说不顺溜呢。啊,用过的化妆品要好好放回原位哦,不然会乱套的。"

"他竟然从那么小的时候,就开始玩猜香的游戏了……"

我将视线落在口红上,那是已经少了一大截的橙色口红。

"但是我先生非常不喜欢孩子们进温室,他说孩子们跑来跑去会把花碰伤。于是,渐渐地,谁都不靠近温室了。"

我握住口红管,躬着身子凑近她的嘴唇。小手指碰到了她的脸,她不由一个哆嗦,头发擦着化妆围布发出沙沙声。

"路奇是对的,他总是对的……"

她的嘴唇嚅动,我在上面涂着口红。

在一片植物的包围之中,路奇被母亲用手帕蒙上眼睛,谨慎地把脸凑近一朵花。然后,毫不犹豫地回答:"金盏花。"

母亲发出欢呼,鼓起掌,然后抚摸路奇的头。或许是

因为温室潮湿的空气，他的头发汗津津的，而父亲在一边
担心他会把花碰伤了。

"非洲堇。"

"扶桑。"

"大丁草。"

那是三岁的路奇。

是的，他绝不会错。

"怎么样?"

我把口红放回原来的位置，取下围布。她把脸侧向各
个角度，不停地眨眼审视着镜子里的自己。

"似乎和平时的我不一样。"

"很美。"

她似乎还是难以心安，揾了揾眼角，又抿了抿唇。

"最好，还要用这个做一下点缀。"

我打开"记忆之泉"的盖子，润湿食指，然后轻触她
的耳后，指尖恰如其分地嵌入那凹陷处。就像路奇为我抹
上它时一样。

"这是路奇制作的香水。"

她什么都没有回答，只是凝视着镜中的自己。我知道
她是在闻香。

"明天也请你给我化妆吧。"

"对不起，我明天不在这里了。"

"哎呀，为什么?"

"我要回东京，然后去布拉格。"

"布拉格？那是哪里的城市？将来我也想去。"

她闭上眼，想更好地闻香水的气味。我屏息静气，不去打扰。

敲门声响。

"嫂子。"

是彰。

"差不多要去乘车了。"

她依旧闭着眼。

十五

穿过贝特拉姆卡别墅的大门，沿着石子路走进中庭，传入耳中的音乐也越来越清晰了。

"这是什么曲子？"

我问捷涅克。

"No……"①

清晨的空气依旧有些凛冽，捷涅克竖起皮夹克的衣领，弓着腰前行。

"是莫扎特啦，第三十八交响曲的行板。"

----

① 捷克语，"嗯……"的意思。

杉本史子曾说过这里大多数时候都在播放第三十八交响曲，果然如此。

捷涅克点了点头，仰望贝特拉姆卡别墅。

乳白色的墙与白色柱子支撑着的露台令人印象深刻，连接露台的楼梯上到处装饰着花朵，建筑物的后半部分覆藏于茂密的常青树下。

"Kolik stojí vstupné?"①

他问接待处，然后给我买了入场券。

我们从二楼开始参观。阳光从露台射入，每一个房间都很亮堂，里面展示着和莫扎特有关的各种物品：信件、乐谱、羽管键琴等。天花板上的装饰以及家具也都是当时留下来的，这里没有标示参观区域的箭头或绳子，有一种不久前还有人居住于此的气氛。观光客都无声地穿梭在展示品之间。

交响曲进入了第三乐章。我到处寻找着数学竞赛留下的痕迹：照片、铭牌、试卷或奖杯。

但哪儿都没有这类物品，只有"莫扎特"连绵不绝。

捷涅克安静地跟在我身后，没有出神地欣赏展品，也

① 捷克语，"门票多少钱？"的意思。

没有百无聊赖。他不时偷瞄我的侧脸想知道我有没有收获，但对上我的眼后又立刻低下头往后退。

杉本史子所说的当作竞赛会场的大厅面朝后庭，墙上挂着哥白林挂毯，天花板上垂下枝形吊灯。正面放着一架钢琴与两座谱面台，对面是上百张给观众准备的椅子，每张椅子上都摆着一张三折的节目单。大概是要办乐团的音乐会吧。

不知道从地下哪儿传来彩排声，与第三十八交响曲的乐声交杂在一起。

中庭的草坪朝露犹存，郁郁葱葱，在阳光的沐浴下显得熠熠生辉。这里除了很多石椅外，没有花坛或池塘之类的赘饰，缓缓的斜坡直通树林。有好几个参观者正在散步。

就是在这片草坪上，杯子碎了，咖啡洒了一地。不是钢琴是桌子，不是节目单是试卷，从各地聚集于此的年轻人正在解答数学题。

杉本史子说是为了对喜欢的人死心而迫使自己相信的，但真的是路奇把洗涤剂混入咖啡的吗？

太愚蠢了，怎么可能会有这种事？这是重大的错误。路奇的母亲不是也说过吗，路奇绝不会错的。我把额头贴在通往庭院的玻璃门上。

"莉莉、莉莉。"

捷涅克在里面的房间叫我。他还没掌握"凉子"的发音，每每叫我的名字时，表情都有些犹豫。

"莉莉、莉莉。"

他犹豫着，却频频向我招手。

只有它置身在特别坚固的玻璃柜中，像标本似的静静地躺在盘子上。玻璃折射出橙色的柔光。那是莫扎特的头发。

头发在漫长的岁月中早已褪为白色，细密而柔软。一共十三把，每一把都在正中间用细纸绳束起，弯曲出仿佛精心计算过的和谐曲线。

"微微卷曲的死者的头发。"

我对着捷涅克小声说道。弘之留在软盘里的最后一句话，我找到了。捷涅克用食指点着玻璃柜，点了点头。

弘之也看过这个。他和杉本史子一起靠在柜子边，凝视着莫扎特的头发，并把这个场景提炼为味道来记忆。

我想把鼻子凑近头发，却发现捷涅克的手指杵在眼前。原来他的手指形状很适合按大提琴的琴弦。

然而，不论我怎么屏息静气，也只闻到玻璃的味道。

忽然，有人在我们背后说了什么。捷涅克转过身，回应了几句。我吃惊地把脸从玻璃上移开。

"不可以打开柜子。"

这次换成了英语,来自一个提着水桶与拖把、头上绑着花方巾的清洁工阿姨。

"昨天刚有人把它撬开了。"

"我没想打开,只是想更近地观察。"

我也用英语回答。

"是吗?那么,不好意思了。"

阿姨耸了耸肩,从露台的楼梯往下走。捷涅克用捷克语发出抗议。

"没事啦。"

我劝他。

彩排的声音戛然而止,我们迎来了第三十八交响曲的最终乐章。

"喂。"

彰的声音就在耳边,我几乎忘了自己正身处布拉格。

"你那里是几点?"

"下午三点,天气很好。"

"这里已经是晚上了,还下着雨。幸亏我白天在凉棚上喷了杀虫剂。"

我脑中浮现出快死掉的毛毛虫被雨击打的画面。

"这么晚，真不好意思。"

"没事，我还没睡呢。我刚才在给老妈熨衬衫。"

因为彰的声音过于清晰，那个家里略带焦味的熨台、凉棚柱子上的图案、弘之母亲被无花果汁水弄脏的衬衫一一复苏于脑海中。

"今天我去了贝特拉姆卡别墅。"

"嗯。"

"那里有莫扎特头发的展出。"

"什么样的头发？"

"很孱弱，蔫蔫的。为什么就没想到呢，应该也保留些弘之的头发的。"

"那个时候大家都很混乱。"

"如果保留下来，或许就不会这么悲伤了。"

"不会的，不管做什么都是一样的，不会有任何不同。所以嫂子，你不要再后悔了……"

彰的头发是什么样的，和弘之的像吗？当手指滑入发间，会感到温暖吗？是不是很蓬松飘逸？在阳光照射下，会不会呈现出几分褐色？

似乎有新的客人入住了，我感到有人从楼梯走了上来。旅行箱里冒出一团衬衫和洗漱用品，才脱掉的鞋子飞到了床底。从某个房间传来花洒的声音。

"啊，对了，模型屋完成了！是我的头号大作呢。"

"那么去参加比赛吗?"

话一出口我就后悔了，我们不应该如此轻易地使用这个词。同时我意识到，我从未触碰过彰的头发。

"从没听说过有模型屋比赛的。"

"贝特拉姆卡别墅里没有留下任何数学竞赛的资料。"

彰并不知道洗涤剂事件。在见过杉本史子后，我只告诉他弘之果然是因为身体不适而弃权的。

"没办法。"

"数学竞赛财团的分部也关门了。"

"就算解开再困难的数学题，也不会留下痕迹；不管是多么精彩的解答，终究只是事先预备好的答案。"

彰说出和杉本史子相同的话。

对话停顿，沉默便来造访，我连一点轻微的杂音都没听到。这样的沉默又提醒我此刻自己身处多么遥远的地方。

"但是，也并不是一无所获。我遇到了一个很会拉大提琴的青年和孔雀的看守者。"

"孔雀的看守者？那是什么？"

"总之，就是养育孔雀的人。还有会拉大提琴的小朋友。"

关于他们，我无法表述清楚。彰附和了一声之后，便没有再继续询问。

"你母亲身体好吗？"

"又变回老样子了，之前让她状态好一些的新药最近好像无效了。"

"唔，这可不太好。"

"她躲在奖杯之屋的时间又变长了。不过，这样我更放心。在那里，她不会弄乱任何一件东西，那是已经终结了的地方。"

阳光从窗帘缝隙间射入。玻璃窗上映出湿漉漉的马路（虽然没下雨）与自行车、垃圾箱。才换上的床罩起毛了，摸上去有些扎手。不久，花洒的声音停了下来。

"明天一早就上班吗？"

"我请了假，明天要带老妈去医院。"

"你要转告她，不戴假睫毛更好看。"

"嗯，我会转告的。"

"那我挂了。"

"什么时候回来?"

"不知道。"

"等你哦。谢谢你打电话给我,我很高兴。"

我放下听筒,这次造访的是更深、更真实的沉默。

今天有七只孔雀,雄的四只,雌的三只。它们和平时一样,伫立在一片昏暗中。

"虽然我邀请了捷涅克,但他只肯跟我到温室的入口。"

"是吗?"

那人从不主动发话。但不知道为何,却从未让我感到过窘迫。

"还担心他会不会等得很无聊呢,但最近发现,他在停车场的饮水站上拉大提琴打发时间。"

"啊,那样就可以安心了。"

"说不上专业水准,不,应该说还拉得有些不流畅。但是,我听着听着,就觉得那并不是乐器在发出声音,而是他在对我说话。"

"他会一直等你的,一边拉大提琴,一边等你。"

围绕在我们身边的小罐子依旧把黑暗染成乳白色,就好像它们自身会发光一般。而孔雀脖子上的蓝绿色也因此显得更为鲜艳。穿过温室尽头被凤尾草遮掩的入口，在狭小的洞窟中摸索着走，第一个标志便是这点点光亮。虽然它若隐若现，一不留神便会错过，但只要看到它，我就能放心：啊，我果然没有走错。

"看守者就你一个人吗?"

我问。

"嗯，是的。"

那人回答。离得最近的孔雀咕地扯了一嗓子。

"都很聪明呢。"

"谢谢夸奖。"

"就好像在倾听我们说话，会倏地竖起羽冠，或闪动深思的眼眸……"

羽毛蹭过岩石表面，发出沙沙的声音。一颗水珠滴在看守者交叠在桌上的手，沿着指甲淌落。

"正如你所说的，它们在听你说话。"

"真的?"

"是的，为了能好好保存你的记忆，你珍贵的记忆。"

看守者抚摸着一只雄孔雀的羽毛。它很顺从，没有躲避。明明坐着没动，看守者却能轻易地把孔雀引到手边来。

我凝视着那人手部舒缓的动作。

"除我以外，还有别人来过这里吗？"

"当然，有许多许多人来过。"

"路奇也来过吗？"

他没有回答，只是用手掌顺着孔雀的脖子往下滑。那缕香味袅袅升起，几乎令我窒息。

洞窟岩石营造出的昏暗浓厚得让人眼花，是为了把孔雀关在这里，还是为了不让香气逸出？香味弥漫在一片昏暗之中。

"请告诉我，拜托了！"

凝眸于黑暗，仿佛能看见自己的声音一个字一个字地被吸入岩石。我感觉自己被一种欲望驱使，想要将自己的身体也一起投至那片黑暗深处。

"叽——"

孔雀发出叫声。我感到它的羽毛在我脚边骚动，它黑色的眼睛正望着我。

弘之的哭泣，我只见过一次。那是在我们共同生活后不久。

临近半夜，当我完成工作上的商谈回到家时，发现所有的灯都关着。我感到很奇怪，因为他说今天会按时下班回家，而且就算先睡也不至于把玄关的灯都关掉。正当我把手伸向餐厅的电灯开关时，忽然听到了抽泣声。

我并没有立刻意识到是他在哭，刚开始以为是他身体某处疼痛所以呻吟的。那声音不安且颤抖，无力却持续。

弘之蹲在昏暗的厨房一角。我硬生生吞下已到嘴边的"怎么了"，将手从开关上放下。月光照在煤气灶旁的窗台上。我感觉暂时还是先保持这样，不要去触碰任何地方比较好。

他靠着墙壁，双脚弯曲，缩成一团，将脸贴到自己的胸前。煤气灶下的橱柜大门全部开着，各种调味料散落在他的脚边。

弘之应该已经注意到了我，却没有抬起脸。我感到很不可思议，他是怎样才能把身体缩成这么小一团的？啊，说不定，他以前就是这个样子躲在他父亲的温室里的。

色拉油、橄榄油、胡麻油、酱油、葡萄酒醋、甜料酒、蚝油、鲜椒味噌、日本酒、高汤料……今天早上还整齐有序的物品全被扔在外面。酱料的盖子半开，酒瓶都倒在地上，油罐里的液体漏了出来将周围的东西全都沾上了油。弘之满头大汗，双手又脏又黏。

我等了一会，走到他身边，将手心贴在他的背上。因为抽泣造成的震动传至我的手心，周围一股油腻的味道。

"我做不好。"

弘之低着头，既不痛苦，也不混乱，他的声音很平静。

我在他的身边坐下，丝毫不介意套装被弄脏了。柜子里空荡荡的，像个空洞。

眼睛渐渐习惯了黑暗，仅凭月光也能看清房间的样子了。餐桌和沙发都收拾得很干净，只有灶台下一片混乱。

"怎么都做不到……"

弘之抬起脸望着我，睫毛有些湿润，但泪水没有落下。他的表情就好像做数学题时进了死胡同，怎么都找不到新的突破口那样一筹莫展。月光照在他的侧脸上。

"什么事情做不到?"

我问他。

"就是这个啊，我要把这些重新分类。"

他用下巴比了比地板。弯曲的双腿与抱着双腿的双臂就像是粘在了皮肤上一般，纹丝不动。

"不是已经很整齐了吗? 搬家那天路奇就全都收拾得干干净净了。"

"嗯。但是，有一件事我一直很介意……是不是应该把酱料类摆在最里面，把最里面的西洋醋挪到最外面？从一开始我就很介意这件事。"

他小声说着，就好像在往双膝之间吹气一般。因此，我也没能听清楚他说的话，但没有再问。总之，在他把积郁在心中的话一吐为快之前，最好不要多嘴。

"没觉得不方便啊，用起来很顺手的。"

"不，还是不好。西洋醋的味道很容易逸出，逸出来之后被酱料立刻吸收。因为浓度的关系，就会这样。气味会很快转移的，它不在同一个地方一直待着，再小的缝隙也能钻进去，或是随心所欲地飞到别的地方。所以必须要重新分类。晚饭我打算炒蔬菜来着，昨天你不是买了新鲜的青椒和扁豆吗？我打算就吃那个的，刚打开橄榄油，就发现味道很奇怪。果然是在排列上出错了。我应该把高汤料的罐子隔在西洋醋和酱料之间。所以，我把里面的东西全部拿出来，重新摆放。这不算很难的问题。但是摆到一半，我突然发现，这样子无可避免地会破坏基于使用频率的平衡，所以必须从头重新算好公式。于是，我又把放好的调味料拿了出来，开始思考。这个时候，却发现炒锅上冒起了烟。是的，我忘记关煤气了。我连忙把炒锅从火上拿开，却踢到了地板上放着的调味料。于是它们噼里啪啦地全倒了，油流了出来，我自己也滑了一跤，脑袋撞到了窗台上，公式算到一半就乱套了，火警感应器还叫了起来……我想从头开始重新思考，但是烟和油混在一起的刺鼻味道搞得头好痛。没办法了，我已经没办法了……"

弘之忽然静默下来，垂头丧气地又一次把脸埋低。

"撞到头了？这可不得了！有哪里感到痛吗？"

我凑到他的耳边，摸着他的头发。似乎没有什么地方受伤，只是汗津津的。

"橱柜的事你就不要介意了，我会整理的。用厨房专用洗涤剂擦拭，很快就能弄干净。"

我的手指从弘之的耳朵滑过头颈、肩膀、手肘，指尖吸附住他的皮肤，能感觉到他骨骼的顽强与脉搏的跳动。即使沾上了油，弘之的味道也没有消失，仍然清晰可辨。

"你冷静下来，只要整理好就可以了。来，去冲个澡吧。"

我担心他的身体如果一直这么缩成一团会无法再打开了，只好继续说些安慰的话语。

本以为只是无伤大雅的混乱。事故叠在一起，什么都乱七八糟的，忽然对一切感到厌烦，这种时候谁都有。我认定只要等他平复心绪，在浴室里好好泡一泡再相拥于床第，立刻就能恢复正常。

事实上，我们也的确这么做了。放了满满一缸水，滴下熏衣草精油，一同入浴。我给弘之洗了头发，然后像平时经常做的那样，用身体的某一部位去触碰对方的某一部位：脸颊与肩头、下巴与锁骨、睫毛与唇……只要这样，就会不再害怕。

回到床上，弘之的身体终于不再倔强地缩成一团——虽然还是不发一言，但他的沉默也是经常有的。他张开双臂揽我入怀。真令人难以相信，在厨房将自己缩成那么小的一个人的胸前，竟藏有如此宽阔舒适的空间。他的头发散发出熏衣草的香味，已经干透了。

我很快就忘记了他刚才陷入的混乱。因为他比平时更长时间地爱抚我的身体，对我而言最重要的，就是去感受他。

次日，厨房恢复原状。刺鼻的气味已经消散，调味料也各自位于新的地方，弘之没再提起昨晚的事。

我完全不曾思考过他哭泣的真正理由，而这一切，已经为时已晚。

"是的，为时已晚。"

自己竟然会在看守者面前说出这番话，我不由感到心慌。我区分不出自己刚才是说了什么，还只是记忆在心头复苏。喉咙好干，我把茶一饮而尽。

孔雀们正待在各自喜欢的地方或整理羽毛，或趴在岩石上。看守者本该在抚摸蓝绿色脖子的手也已经放回到了桌子上。

"那个时候，路奇犯了错。非常细微的差错，无法和数学竞赛题相提并论，却让他陷入了那样的混乱……他从小就一直被要求给出正确答案，而我不知道。等我知道的时候，他已经死了。"

"在这个洞窟里……"待回荡在岩石间的我的声音全部消失后，看守者说，"没有'为时已晚'。"

很少听到他如此斩钉截铁。而这句话就像是信号一般，孔雀们聚集到摆放罐子的架子下，啄饮了一会低洼中的积水后，紧挨着消失在了黑暗中。它们的羽毛轻舞飞扬，很快又落在湿漉漉的岩石表面上，周围很快便没有动静了。

"一切早有注定。不论你做了什么，或不做什么，都无法改变这个注定。"

"注定?"

"是的。"

"那么，我到底可以做什么？"

"只有记忆，形成你的只有记忆。"

"记忆"这个词在空气中形成了特别强烈的震动，余音缭绕不绝。

"我从未接触过路奇的过往。"

"不，他在死之前，确确实实将你存进了记忆之中。"

那人伸出手碰到我的肩膀。不，那真的是手吗？可能是头发，也可能是舌头，就好像黑暗中有什么东西毫无征兆地涌向我一般。

"过往不会被损坏，注定的事无法被推翻，谁都不能肆意玩弄，即使当事人已经死了。记忆便是如此保存下来的。"

说完，看守者静静地抚摸着我的肩膀。

不温暖也不冰冷，我感觉不到他手指的形状与手掌的大小。唯有他近在身旁的气息是如此浓郁。

又有几滴水滴在我们中间，孔雀已经走远了，羽翅的沙沙声已经听不见了。

我思考着路奇所拥有的记忆，思考着在他记忆中永不会变的我。肩上的触感很温柔，却无法安慰我。我听到我的内心在说，更悲伤一些吧。

"我能在这儿再多待一会吗?"

"一切随你心意。"

十六

　　旅馆的老板娘给了我两张音乐会的入场券，是小提琴、大提琴、钢琴的三重奏，地点就在贝特拉姆卡别墅的大厅。于是，我和捷涅克再度拜访了那里。

　　已经是傍晚六点，但明亮的阳光仍然照在后庭的草坪上。昨天早上来时还紧闭的通往庭院的玻璃门，现在全部被打开了。事先准备好的椅子几乎都坐满了，钢琴的琴盖也已掀起，谱面台上摆着乐谱。

　　捷涅克诚惶诚恐，说了好几次"Děkuji vám"①，估计

①捷克语，"谢谢"的意思。

是在表示感谢。他没有穿皮夹克，而是换上了呢外套好生打扮了一番，但因为袖子略长了一些，看起来更像个少年。

贝多芬与德沃夏克的曲目结束后，是休息时间。庭院中办了葡萄酒宴。日渐西斜，只照到一半的草坪，夜色渐渐逼近深处的树林。

在去拿白葡萄酒的杯子时，我和捷涅克走散了。周围都是来听音乐会的客人，稍不留神就会弄洒葡萄酒。我拨开人群去寻找他。找着找着，却发现自己站在了位于大厅东侧通往地下的石梯旁。

我决定走下石梯去看看，当然不是以为捷涅克会在地下，而是因为这石梯很容易让人产生想要踩上去的欲望。石梯经历了漫长的岁月，无数人从上面走过，正中间赫然呈现出人的脚掌的形状。它表面溜滑，色泽暗淡。

地下室的顶棚很低，裸露的灯泡发着光，一扇扇门也都是朴素的造型。估计昨天彩排的声音便是来自这里吧。我看了看四周，没有听见任何动静，庭院里的嘈杂也离得很远。

我打开最近的房门，里面似乎是厨房，可以看见燃气灶、烤箱、碗柜与冰箱。正朝着烤箱张望的老妇人转过头，发现我后说了些什么。

"不好意思。"

我立刻用日语道歉。

"这里是禁止进入的。"

这次换成了英语，原来是昨天在莫扎特头发展柜前遇到过的老妇人。

"楼梯上应该有告示牌吧。"

"不，没有告示牌。"

我结结巴巴地用英语回答。

"你是特地把酒杯送来的吗？放在庭院的桌子上就好了，之后我会去收拾的。"

我这才发现手中还拿着葡萄酒杯，于是把它放进了洗碗池。老妇人用围裙擦了擦烤箱上的透明窗口，嘎吱一声转动了旋钮。一股猪肉混合梅子与雪莉酒的香味传过来。

"真的没有告示牌。"

"啊，知道了，知道了。"

老妇人似乎已经忘记了昨天的事。她转移到煤气灶旁，搅拌着炖锅里的东西。

"这是为谁做的料理？"

"是今天的演出者。然后，还有我自己的一份。"

"您每天都要准备料理吗？"

"举办音乐会期间都要准备的。大冬天没有音乐会，就会得些空。不过嘛，还有大扫除、杂务各种事。"

"您在这里已经工作很久了吗？"

"已经快三十年了吧。我在这里借了一个房间住。"

"那么，十五年前……"

"差不多要下半场了，你还在这里磨磨蹭蹭不要紧吗？"

老妇人打断了我的话。

"没关系。话说，您还记得十五年前在这里举办的数学竞赛吗，数学竞赛？"

因为对自己的英语发音没有自信，所以我缓缓地重复了两次"数学竞赛"这个词。

"小姑娘，你不是来听音乐会的吗？数学竞赛？啊，是举办过那玩意儿呢。"

老妇人从冰箱里取出生奶油，也不好好称一下就放进了料理碗，用打泡器一阵搅拌，像是在做甜品。虽然她的态度有些粗鲁，但姑且还是回答了我的问题。

"这里的大厅被用来举办各种活动，我也不是都记得的。

"十五年前的竞赛，对了，是第一次有日本人参加的竞赛。日本人全都投宿在这里。

"十五年前，就算你告诉我是十五年前我也没办法
啊……我又不会一年一年地去数。我数学完全不行。……
日本人……啊，是了，是有好几个东洋人在这里住过。"

老妇人捋了捋从头巾里漏出来的白发，又开始打奶油。
我从桌旁绕了过去，靠近她。

"是的，就是那次。从日本赶来参赛的五个高中生以及
一同来的几个成人，他们借住在贝特拉姆卡别墅。您还记
得一个叫弘之的男孩子吗？他才十六岁，是最年轻的参赛
选手，也是日本队的头号选手。他母亲也一起来了。您一
定帮他们照顾过饮食。您还记得那次比赛，发生过一场小
风波吗？连警察也来了，引发了骚动。然后那个叫弘之的
男孩子，也比预定计划提早从这里出发回国了。如何？您
能想起来吗？"

只有打泡器哐当哐当的声音。其间，老妇人撕破了砂
糖的袋子，依旧只是用眼睛估量着就把糖撒进了奶油里。
她不时地停下手往锅中张望，还会去检查一下烤箱的温度。
她看起来似乎是在努力回忆，又似乎只是和平时一样按部
就班地完成料理的步骤。

"这么琐碎的事情，你现在问我也……"

"对不起，我知道是强人所难。请您原谅我。那次风波

中，连警车也开了过来。匈牙利的一个男孩子说咖啡里有毒，于是连竞赛都被暂停了。但是，实际上只是少量的餐具洗涤剂残留在杯中而已。我很清楚自己正在打扰您的工作，但是，一件事也行，请您无论如何也回忆出点什么来。"

"什么是什么?"

老妇人说。她踱步的时候地板跟着嘎嘎作响，从天花板垂下来的灯泡也随之晃动。

是的，我到底想从这个人身上问到什么? 我开始思考。如果连这种事都没弄明白，那么继续询问只会显得我很可笑。

老妇人从碗柜里取出玻璃器皿摆到桌上，往里盛入事先准备好的糖水蜜梨。房门的另一头依旧一片静谧，似乎这地下除了我们之外就没有其他人了。用不熟练的英语交流真是吃力，我感到有些头疼。

"还要把奶油淋在上面吧?"我回答不出她的问题，转而小声说道，"我来帮你。"

我把奶油点缀在蜜梨上。

"一个上面放一勺，谢谢，麻烦了。"

老妇人说。

　　我们配合着彼此的节奏，完成了这个甜点。不久，猪肉烤好了，在她熬酱汁的时候，我准备好盘子并点缀上香草。

　　"以前，我和我老公也这样分工合作过。"

　　她将小手指插入酱汁，边尝味道边说着。

　　"您先生他……"

　　"早就死了，就在洗涤剂风波后不久。"

　　她果然记得这件事。

　　我尽量仔细地把香草弄碎，借此来缓和心跳，平息头痛。

　　"是心脏病发作，很无趣吧？"

　　"我很抱歉……"

　　才从烤箱中取出来的烤猪肉是鲜艳的糖色，我还能听到肉汁噼里啪啦的声音。她在酱汁里加上盐。沉默持续着，一直到她把调制好的酱汁浇在当配菜的土豆上。

　　"连我们也被警察调查过。唉，做饭的是我们，冲咖啡的也是我们，被怀疑到也没办法。"

　　"但是，只不过是咖啡杯上残留了少许洗涤剂而已吧？"

　　"嗯，你对这种事似乎比较心平气和呢。我并不是要辩解，但是我们洗餐具的时候是非常用心的。即使十万火急，也绝不会干出不冲洗干净这么蹩脚的事。我老公对这种事情特别在意。"

"是吗？那么，为什么……"

"而且，洗咖啡杯的时候我们从来不会用洗涤剂。"

"这是怎么回事？"

"因为餐具洗涤剂很贵，不会随便用的。杯子全部都只是用水清洗。也正因为如此，为了保证没有污渍残留，我们必须很用心地去洗。"

"那么，为什么……"

我又一次喃喃着相同的问题。

"也就是说，一般情况下，是不会发生有洗涤剂残留这种事的。但是，我们也知道如果多嘴的话，会使事情变得更复杂，所以我们什么都没说，只是低头道歉。这样的话，这件事情就能被当成不靠谱的厨师犯下的没有恶意的差错而收场。事实上，也就是这样收场了。"

"'更复杂'，究竟是指什么呢？"

"着手寻找犯人之类啊。而且，聚集在那里的都只是十多岁的孩子啊，不令人心惊胆战吗？区区的数学竞赛，却出现下毒、犯人这种事。"

"其实，您清楚是谁放了洗涤剂吧？"

老妇人沉默了一会，不停地搅拌着放土豆的空容器。

"是日本少年吗?"

我忍不住问。

"我不知道谁是犯人，我又没看到现场。"

老妇人终于抬起脸，不再看容器。

"只不过，有那么一个瞬间，我感到有些不对劲。我没有任何证据可以表明那人就是犯人。当然，也没对警察说过。事实上，在小姑娘你出现在这里，对那么久远的事情刨根问底之前，我已经彻底忘记这件事了，连一次都没想起来过。也就是说，并不是什么大事啦。"

"是少年吗……"

我盯着老妇人的眼睛，她的眼睛有一半埋在皱纹之间。

"不。"老妇人摇了摇头，"不是男孩子，是个女人。我把料理送到庭院后回到这里的时候，那个人背对着我站着。桌上摆放着杯子，咖啡壶里的咖啡也已经准备好，随时都可以端出去。我轻轻地'啊'了一声，那人转过身，朝我这里看了一眼后就跑开了。她的眼神里没有惊慌，没有胆怯，也没有想要掩饰什么，反而一脸毅然。本该收在碗具柜子里的餐具洗涤剂，滚落在地上。但是，我之所以会发出'啊'的声音，并不是因为有外人进了厨房，也不是因为洗涤剂落在了地上。是因为，那人背后的纽扣松开了。"

"背后的纽扣？"

"是的，正中的两颗纽扣没有扣好，我打算告诉她这件事的。"

我回忆起和杉本史子见面时的事——那时坐的沙发的触感，透过玻璃桌看到的鞋跟已经磨损的船鞋款式，还有磁带转动的速度。

"是什么颜色的衣服？"

"黄色，很鲜艳的黄色，裙摆很蓬松的无袖连衣裙，印着鸢尾草的图案。"

老妇人毫不迟疑地回答。

"是参加竞赛的高中女孩？"

"不，不是年轻人。是中年东洋人。"

老妇人握住刀锋锐利的菜刀切向烤猪肉块。

"我只看到这些，这就是全部了。好了，小姑娘，你再不快点回到上面去，音乐会都要结束了。今天的最后一曲是莫扎特的吧。"

肉块在老妇人的手中已经变成了碎渣。

我冲上石梯，捷涅克正等在那里。

"莉莉!"

他叫着拽住了我的手。

我们奔跑着横穿中庭往大厅赶去。捷涅克气喘吁吁，一直在嘟哝些什么。听起来像是在责备我，但也难掩如释重负的心情。

"我的名字叫凉子!"

我觉得自己必须说些什么。

夜色已深。草坪被夜露沾湿，月亮在树林的那一头升起。蚂蚱蹦跳在我们脚边。

是的，弘之当了自己母亲的替罪羊。就像他在孩提时代，当了弄坏听诊器的彰的替罪羊一样。他识破了自己母亲的罪行，并坚信那是自己做的。

他是下意识这么做的，还是衡量过利弊？洗涤剂的气味、滴入咖啡杯时的心跳、厨房嘎嘎作响的地板，他心神俱疲，惨白着脸，却定然会把一切都坦白得巨细无遗。

他并不是为了保护她。他是为了犯下事先准备好的差错而去当的替罪羊。然后，他永远地从数学竞赛的赛场上离开了。

我重新握紧捷涅克的手，不想和他分开。大厅的枝形吊灯放射出的乳白色光芒照亮了黑暗。三名演奏者翻开乐谱，手指落在了各自的乐器上。最后一曲"莫扎特"即将上演。

十七

"那些罐子里装了什么？"

我指着洞窟岩壁上的架子。

"是孔雀的心脏。"

那人如是回答。

他和平时一样，准备了两人份的茶。椅子温柔地包裹住我的身体，酒精灯的火焰恰到好处。虽然没有看到孔雀的身影，但我可以感到它们聚集在黑暗的彼端。根据"记忆之泉"香味的浓郁度，我大致可以把握它们的动向。在洞窟中，我已经可以很自然地让自己的神经如此运作。

"所有的罐子里都是吗？"

"嗯，是的。孔雀死后，我便取出心脏，用丝绸——丝绸用一种叫末药的香料提前浸透——层层包住后放到罐子里。这也是看守者的工作。"

一滴水落到脖子上，我并不觉得冷，甚至没有湿润的感觉。这和看守者碰到我肩膀时的触感相似。从昨天开始就不曾间歇的头疼，在不知不觉间痊愈了。

浸过末药的绸缎，我很了解。正是弘之躺在太平间时我想到过的、柔滑凛冽、与尸体肌肤正合适的东西。

"孔雀也会死亡呢。"

"当然，当它完成使命后就会死去。用刀插入它的脖子下方，把那抹蓝绿色一分为二，就能从中看到心脏。然后把手探入它胸骨的缝隙，取出心脏，取出的时候要当心千万别弄伤了。"

"你不害怕吗？"

"完全不会，那是一种美丽而透明的红色，让人觉得它其实还没死亡。心脏上呈现出血管的花纹，指尖稍稍用力，就好像立刻会溶化。我会想把它永远这样拥在怀中，但那是不行的。"

"为什么？"

"心脏里饱含了曾经来到洞窟并讲述过记忆的人们的话

语，必须郑重、完整地把它保存在罐子里，而我只是一个看守者。"

那人叹了一口气。我想象着那人的手被孔雀的鲜血弄脏，却找不到看守者的手在哪里。只有通过流动在黑暗中的微弱气息，我才能感受到他的手在动。

"能把带有弘之记忆的心脏给我看看吗?"

我才说出口就后悔了。我觉得这种要求根本不会被答应。每一个罐子都稳稳地待在岩石架子上，仿佛拒绝被触碰或移动。

看守者移开视线，凝视着我的胸前。一根带刺的小树枝条挂在了我的毛衣上，或许是刚才穿过温室的时候沾上的吧。我抓起它，扔在了岩石的低洼里。

"为什么你知道那一位曾经来过这里?"

看守者问我。这是他第一次提出问题，但这个问题很简单，我松了口气。

"因为相同的味道，洞窟里散发的香味和他制作的香味是相同的。"

我将手探入包中，握住了香水瓶。虽然这个问题很简单，但我必须确认自己绝对没有弄错。

"可以。"看守者说，"我帮你拿。"

他站起身，毫不犹豫地径直拿起一个罐子。随着他的动作，黑暗突然大幅度晃动，我甚至产生了眼花的错觉。即便如此，他身体的轮廓依旧仿佛融于黑暗中一般不曾现身，也没听到他挪动椅子的声音，甚至连脚步声都没有。

"来，这个给你。"

看守者把罐子放在我眼前。我看了看架子，刚才放它的位置成了一个空洞，延续的光带惆怅地中断了。

离近了看，发现罐子放射出的光芒愈加明亮。仅仅是反射酒精灯火焰的缘故吗？我抬头看了看天花板，不是很明白。这是一个纹理细腻的陶器，瓶身圆圆的，刚好能被一手掌握。瓶身上没有任何装饰或标签之类的玩意儿，瓶口细细的，用软木塞塞着。

我向看守者望去，想问他是不是真的可以摸。他沉默地点了点头。

手放上去才觉得冷。因着它乳白色的光芒，我以为它会更温暖些。一吃惊，收回了手。我想起触摸到弘之遗体的瞬间。

"没关系，什么都不用担心。"

看守者无声地表示。

软木塞黑黑的，略带几分潮湿。我明白，这是个很久不曾打开的软木塞。我注意着不弄翻里面的东西，谨慎地拧了一下，轻易地打开了软木塞。

孔雀的心脏大约只有鸡蛋大小，被丝绸密密实实地包裹住，浸泡在末药的液体里。但即使包着丝绸，也能感受到那种柔软。而看守者所说的美丽透明的红色，也能透过布料隐隐看到。高浓度的末药宛如啫喱状的膜，守护着心脏。

不可思议的是，当木塞被打开的瞬间，"记忆之泉"的香味似乎飘远了。我将手伸入罐子，轻轻地捞起心脏。取而代之的，是另一种味道。弘之的味道。

周围相当混乱嘈杂。即使竖起耳朵，也听不清人们的说话声。草坪郁郁葱葱，修剪得整整齐齐。抬起头，天空晴朗炫目，可以看到小鸟从林中飞起的身影。

我拿着白葡萄酒杯站立，不小心撞上了一个男人的肩，葡萄酒洒在了他的领带上。

"对不起。"

我赶紧道歉，但对方冒出一串听不懂的话，一边咂着舌一边跑远了。周围的每一个人都随意地说着各自的语言。

人群的另一头就是贝特拉姆卡别墅。昨天还是乳白色的墙壁，此时呈现出更明快的柠檬黄。或许是太阳照射的缘故，屋檐的红褐色闪着光泽。露台上也有好些人正轻松随性地谈笑着。

建筑物的东侧依旧是石梯。石梯踩上去很舒服，通往地下厨房。入口处竖着一块禁止进入的告示牌。

大厅的玻璃门全都被打开了，阳光照进了房中。排列得整整齐齐的桌子上凌乱地放着各种笔记用具。钢琴、小提琴还有大提琴在哪里？我凝神细看，却完全找不到，取而代之的是可移动黑板。上面写着：

9：30～12：00

13：30～15：30

这是竞赛的时间安排。

我起先以为放在黑板旁、看起来很夸张的东西是花瓶，仔细一看却发现是奖杯。它看起来比弘之家里的任何一座都气派。奖杯上饰满雕饰，没有一处是用塑料或镀金糊弄的，看起来十分庄严。并且，还没有沾上任何人的指纹。

我对奖杯已经十分了解，所以愈发能感受到它的豪华。这是弘之没能带回去的奖杯。

"为什么你会在这里？"

有人把手放在了我的肩上。转过身，弘之站在面前。

其实在转身之前，我就有这样的预感了。那是十六岁的路奇。

"因为我捧着孔雀的心脏啊。"

我回答。他微微一笑，仿佛在说：什么呀，原来是这样。

帐篷下的料理几乎已经见底，只剩下极少的三明治、酸黄瓜、香肠碎片与蔫了的莴笋。弘之手上的盘子也已经空了。

他身穿深蓝色的西装夹克，洋红色的领带被松开，衬衫的第一粒纽扣也没有扣，看起来休闲愉快。虽然被太阳直射着，却没有因为刺眼而低下头，反而抬头想要沐浴更多的阳光。他的脸散发着白光，我一时没法清楚地捕捉到他的表情。

"真吃惊，完全没有想到会在这种地方见到你。"

弘之说。

"我也是。"

大概是还没有开始长个子，他下巴的弧线比我记忆中的低了些，背脊与腰身也小了一圈，身上的肌肉尚不协调，只觉手长脚长。

声音却没有变化，正是在调香室里轻柔地告诉我香味的正确名字的声音。

"肚子饿了吧？我去帮你拿点料理。"

"不用了，谢谢。我不饿。"

我想要抓住他的手臂，却硬生生地止住了自己的动作。感觉一旦有了身体触碰，一切都会崩塌。

弘之的对面是杉本史子。她梳着马尾辫，头上红色的丝绒线绑成了一个蝴蝶结，从百褶裙下露出的光脚丫年轻而无防备。她一边和其他的日本选手交谈，一边啃着橙子，马尾辫随着每一次发出的笑声晃荡。

弘之的母亲在哪里？我环视周围，因为人太多还没找到。老妇人正推着手推车通过帐篷的后方。她看起来就和我昨天遇见时一样的年岁。手推车上是咖啡杯与咖啡壶。

"哎，路奇！"

我叫他。我已经太久不曾叫过他这个名字，一想到他或许会不回应便感到害怕。

"怎么了？"

但是，他的语调和平时相同。哎，路奇。这是我第几次叫他？在香料瓶前，在迷迭香花圃中，在调味料橱柜前，在浴室里……他每次都会回过头对我说：怎么了？

"不可以喝咖啡哦。"

"为什么?"

"不为什么，就是不能喝。"

"我知道啦，我妈也反复说了好几次。"

"你母亲?"

"嗯，她说所有水做的东西，不管是咖啡还是红茶都不要喝，担心我会吃坏肚子。她一直都这样，一种叫'焦虑症'的病。"

弘之做出受不了的表情，恶作剧般地耸了耸肩。

"杉本小姐在哪里?"

"在那里。"

我用手指着她。

"真的在那。"

弘之视线的尽头，马尾辫依旧在晃荡。

"我们约好休息时间一起写剧本的。"

"我知道，是第三幕的第二场吧?"

"是的。"

"不要做让她痛苦的事哦。"

他第一次露出不可思议的表情。瞪大眼，望着天空中的某一个点，似乎比发现我在这里时更为不可思议。

"什么意思?"

"不要做替罪羊。路奇你什么都没有做，不用担心，大人们会帮我们妥善处理的。"

"谁的替罪羊？"

"不管是谁的，都无所谓。总之，不要再承认自己不曾做过的事了。故意出差错，伤害自己，甚至涂改自己的记忆，这些事救不了任何人，只会陷入死胡同。不要再做了。"

"凉子……"

弘之把空盘子放到桌上，他的鞋子上粘着青草。那双鞋比 44 码略小一些。

"没关系的，你什么都不用担心。"

日照倾斜，他的一半侧脸落在阴影之中。我钟爱的鼻子的轮廓就在触手可及的地方。

"你没有做，你没有放过什么洗涤剂。"

"不管有没有，都不会有什么改变。我所要去的地方已经决定好了。远在我出生之前，就已经有人为我做了决定。"

"不要，你不能去那里。回来啊，求你了！"

"你为什么那么害怕？好奇怪。没关系，你不用担心。"

"哎，路奇！"

我叫道。我以为我在叫，但胸口却被勒得发不出声。阳光愈加强烈，笼罩在他的身上。

"没关系，你不用担心。"

他重复着和刚才相同的话。他的身影渐行渐远，声音的余韵仿佛也被阳光吞噬了。

"哎，路奇！"

阳光更为刺眼，嘈杂声也更响了。不管如何侧耳倾听，也听不到他的回答。"怎么了？"他温柔的声音无法传递过来。

拜托了，大家请安静！正当我下定决心要大吼出声时，却听到不知从哪里发出了惨叫声。咖啡杯被砸在地上，碎片横飞。人们齐刷刷地冲了过去。

"不可以去！"

我伸出双臂想要搂住弘之。尖叫声此起彼伏，帐篷波动起伏，草坪上碎叶飞扬。

在我双手里的，是孔雀的心脏。末药从指缝间滴落，我再度回到一片昏暗之中。

看守者静静地凝视着我。我把心脏放回罐中，塞上软木塞。黑暗迅速吸干了我的双手，刚才还在那里的东西退至洞窟的最深处。

从布拉格回国的那天，捷涅克和我去了滑冰场，就是杉本史子和弘之在竞赛前一天偷偷外出时去的滑冰场。

它位于贝特拉姆卡别墅南面的郊区。沿着国道前进，穿过市区后，道路两侧就是连绵的农田，零星地还有些仓库与工厂。再经过汽车旅馆，路过骑马学校，一栋灰色混凝土的建筑物便出现在视野的另一头。捷涅克一边开车，一边指着那里。周围是一片罂粟花田。

滑冰场的后门有一个大约能容纳一百辆车的停车场，入口处的旋转门如豪华旅馆一般气派，绕场一周，透过玻璃窗可以看到里面除了滑冰场地以外还有泳池、网球场和训练房。但是，所有的这些都无人看管，非常破败。

弘之他们遗失钱包后应该就是在正门玄关前的巴士站上的车。如今，车站已经废弃，塑料棚顶的碎片散落在长椅上。除了捷涅克的小货车，停车场里只停着一台轮胎被盗的废弃卡车。建筑的墙龟裂开了，绿化带中杂草横生，窗户的玻璃几乎都是碎的。总之，一切都已经失去了往日的风采。

没有人影，只有车辆从国道上呼啸而过。起风时，罂粟花一齐摇曳，光秃秃的旗杆上滑轮咔咔作响。

旋转门的把手上缠绕着生锈的锁链。

"看来是进不去了。"

我嘀咕了一句。捷涅克一边说着我听不懂的话，一边把我从门旁边拉开，然后拾起脚边的石头用力往锁链砸去。

一阵巨响，铁锈四溅。从没想过捷涅克居然会做出如此野蛮的事。待锁链松脱，门也能推动时，他对我眨了眨眼。

窗户玻璃都碎了，阳光直接射入，里面并不如我想象的那样黑暗。沿着楼梯往上便是滑冰场。

之前路奇表演杂技滑冰的滑冰场，与这里完全不可相提并论。这里很大，顶棚非常高，场地一直延伸到遥远的黑暗那边，周围是一排又一排的观众席。墙上嵌着聚光灯与音箱，通道上铺着看上去很温暖的绒毯，休息区做成了一个宽敞的咖啡厅。这个滑冰场无可挑剔。

但是，没有冰，只剩一片裸露的混凝土。揉成团的纸巾、捏扁的纸杯、工地用安全帽、没有脚的人偶、啤酒瓶以及各种垃圾覆盖其上，音箱的电线被切断了，绒毯磨破了一半，咖啡厅里没有任何可以制作饮料的工具。

我和捷涅克顺着通道一直往下走到滑冰场边。脚步声互相重叠，传到各个角落。

"还有人会记得，这里曾经有一整片冰吗？"

我说。

"Ano，rozmím."①

捷涅克回答。

我靠在围栏上，凝视着没有冰的滑冰场。在那里，路奇曾经表演过非常精彩的旋转。那旋转令众人欢呼，也让杉本史子担心他会停不下来。

冰是不透明的白色，硬度刚好。当然，上面没有任何垃圾。背景音乐与冰刀滑过冰面的声音融合，形成一道旋律回响在场馆内。完全不去在意明天就要开始的竞赛，任寒气拂过脸颊。

路奇的旋转很美，就像他写下的数学公式，就像他分类排列过的调香室的瓶瓶罐罐，就像他鼻间的阴影。冰刀下，冰沫飞溅，蒸腾出黎明时分冻结的湖面的气味。人们渐渐地聚集到路奇的身边，屏息等待，等待着在他停下的瞬间鼓掌。

路奇一直在旋转。什么都看不见，什么都听不见。只

----

① 捷克语，"是，我知道了"的意思。

是旋转，旋转，仿佛进入了某个只有气味的世界。

我把脸埋在围栏上，无声地哭泣，泪水落在没有冰的滑冰场上。

这是路奇死后，我第一次哭泣。

在停车场废弃的卡车上坐下，捷涅克拉起了大提琴。一开始依旧是贝多芬的《小步舞曲》，之后是《梦幻曲》与《天鹅》，接着是舒伯特与德沃夏克的曲目。

乐声被拥在他的怀里，变得温暖，幽幽飘荡过来。轻飘飘的，有时候颤抖得仿佛马上就要中断，却一直坚韧地在琴弓上流淌。

周围都是橙色的罂粟花，直直地延绵到天空的尽头。花秆柔弱地低垂着，花瓣轻轻地摇曳着，和大提琴的音色很相称。

我的脸颊还是湿湿的。捷涅克垂着眼帘，继续拉大提琴。

许久，许久，泪水总是不干。

尾　声

弘之离开后，时间依旧平稳地流逝，许多事情也一点一点在改变。

香水工坊招了新的助手。迷迭香枯萎后，庭院一片杂草丛生。调味料的橱柜、电话桌的抽屉、鞋柜、化妆镜，总之，所有弘之曾经整理过的地方都在不经意间渐次变换，失去了完美的样子。

我重新开始了自由撰稿人的工作，感到周围的世界忽然变得稀薄。街上的风景、擦肩而过的路人都不能再进入我的视野，眼中只有粗糙的稿纸。倘若贸然伸手，仿佛一切都会轻易地破碎掉。

彰没有联络我。我们在不同的地方，以各自的方式品味着各自的悲伤。

当匆忙地穿梭在人群中时，当洗去已经斑驳的指甲油时，当日渐黄昏想要拉上窗帘时，总会有一种心情在不经意间袭上心头。是的，我已经失去了所有的重要的东西。我想摆脱这种心情，但它从不消散。我身无可依，成了行尸走肉，唯有将自己缩成一团，无力地蹲在地上。

一边蹲着，一边把"记忆之泉"紧紧捧在胸前。这样，弥漫于洞窟的无尽黑暗就能呈现在我的眼前。那里流淌着捷涅克的大提琴声，我的掌中是包裹在末药绸缎中的孔雀的心脏。只有在那里，我才能尽情哀伤。

自布拉格回来半年后，寒风四起的深秋某日，我收到了一封写给弘之的信。褐色的信封上盖着好几个转送的印章，看来着实费了一番劲。发信人是一个名叫"若树寮"的盲人学校宿舍。我从没听过这个名字。

秋冷时分，愿君贵体安康。

承蒙诸位恩惠，若树寮将于明年春天迎来创立二十五周年。回想起来，从当年的木板平房到如今钢筋水泥建成的三层建筑、三十间房间，历经长期人手不足、火灾、补偿金被削减等诸多困难。多亏诸位有心人出手相助，方能克服这种种困难，顺利迎接二十五周年。感激之情无以言表。

因此，即日举办小范围的庆祝晚会，恳请各位有缘人参加。

诚心期盼您能拨冗出席。

时间：十二月二日（周日）下午五点
地点：若树寮会客室

十二月二日是个寒冷的晴天。许久未见的彰看到我后抬起一只手，说了句"嘿"，然后冻得缩了缩脖子。

我们在车站前的安全岛乘上驶往若树寮的巴士。

"还有一条线路开往若叶庄，名字相似但方向完全不同。三号线前往若树寮，浅蓝色公交车。请务必注意。"

我们打电话询问去的公交车，接电话的事务员非常仔细地提醒了我们。

车上很空，除了我们以外，只零星坐着几个人。公交车穿过商业街，在干道上开了一阵后，穿过隧道进了山里。到这里，乘客就剩我们两个了。

"你能在这里多待一阵吗？"

"我明天一早就回去。"彰回答，"外出时我一直让一个家政妇帮忙看家，现在她搬家去了乡下，所以得快点回去不能让老妈一个人待太久。我在冰箱里放了三餐量的食物，差不多就是一天吧。"

"她的情况如何？"

"没太大变化。"

经过果树园、蓄水池，又穿过一条隧道，依旧没有看到若树寮。道路开始蜿蜒曲折，彰穿着呢大衣，显得很臃肿，身子缩成一团坐着。

"嫂子的情况如何？"

"总算日子还在过，能凑合。"

"那就行。"

"和女朋友关系还好吧？"

"分手了。"

"啊，为什么……"

"原本就不是嫂子想的那种恋人关系啦。像我年纪那么大了还离不开老妈身边，太妈宝了，人不喜欢。"

彰用大衣的袖口擦了擦因蒸汽而变得雾蒙蒙的窗玻璃。

"我不知道路奇竟然在盲人学校里工作过。"

他把脸倚在擦干净的窗上，小声嘟哝着。

"是啊，我也……"

我们的对话总是会回到逝者身上。

若树寮仿佛是挂在半山腰上。造型简朴，但用地宽敞，视野开阔。排列整齐的阳台上晒满了衬衫和运动服。从厨房的换气扇中排出很香的热气，估计是在准备食物吧。

庭院里是一片精心照料的菜地，培育着洋葱、菠菜以及小萝卜。角落里有一间饲养小屋，一只兔子发现了我们，竖起耳朵跳回了巢穴。

"热烈欢迎你们的到来。"

出来迎接的是满头白发、身材修长的宿舍长。

"非常感谢您的邀请。"

我向他行礼。

"长得……真像。"

宿舍长凝视着彰，片刻后说道。这句话自然地蹦了出来，我和彰也微笑着点头同意。

"我完全不知道，竟然发生这样的事。不知该如何表达我的哀戚……"

他垂首，仿佛在祈祷。

"我们没有通知任何人，是悄悄下葬的。"

彰说。

宿舍长带领我们到里面参观。大堂早早地就布置了圣诞树，墙上装饰着银色的鼓花缎。从天花板垂下的牌子上写着"欢迎光临若树寮二十五周年派对"的字样，字迹虽然笨拙，但颜色很鲜艳。

地板上的各个角落都擦得很干净，玻璃窗上一尘不染。虽然才傍晚，灯火却已通明，灯光照亮了每一处的精心装饰。

派对临近，孩子们个个喜形于色，到处都能听到他们的叽叽喳喳声。有喊人的声音，有餐具碰撞的声音，有拖拉椅子的声音，还有笑声。一个十岁左右的少女捧着纸巾说"欢迎光临"并与我们擦肩而过，她用手指摸索着走廊里的盲文板走进了会客室。

"弘之在这里工作了几年？"

"十九岁开始的，差不多七年吧。他一直都住在这里，我让他做一些事务性工作。但最后，从厨房工作到农活、清洁工作、照顾孩子的活，什么工作他都会干。"

"那么，从他离开家之后基本都在这里了……"

彰像是在自言自语。

"他真的很努力。孩子们、员工们，大家都很喜欢他。虽然我很希望他能一直留在这里，但他说想要开始新的学习……我不忍心把弘之这么优秀的人一直留在这种连像样的薪水都付不起的地方，所以也没太挽留。"

会客室里的准备工作顺利进行着。长桌上铺着方格花纹的桌布，摆着纸盘与纸杯，牛奶瓶里插着鲜花。有些孩子爬上椅子，把用折纸做的星星挂饰贴在了墙上。还有些孩子在用锡纸包炸鸡的骨头。

大家都在说话，有些吵闹，整体的气氛却很安详。我发现那是因为他们看不见的缘故。不管是多么细小的动作，对他们来说都无法轻易办到，因而每一个动作中都隐藏着用指尖摸索的瞬间的寂静。

"今天来了许多人，毕业生和他们的家人自不用说，还有退休的员工、教我们干农活的农民、盲文志愿者以及镇子里的人们。这会是一场愉快的派对。现在还有时间，你们要不要再参观一会儿呢？"

宿舍长拾起落在脚边的一颗星星递给了身边的孩子。

"谢谢老师。"

那个孩子握住星星。

厨房、食堂、值班室、录音室……我们绕了一圈。彰和我都沉默着。其实我们还想询问更多关于弘之的事，但光是弘之曾切切实实地在这里生活过的事实就让人胸口难受。

走到哪里，都能听到孩子们的声音。我们屏息而行，试图寻找弘之或许还残留的痕迹。宿舍长跟在我们的身后。

"二楼是孩子们的起居室、浴室以及自修室等。请这边走。"

夕阳的光落在楼梯平台上。我看见好几辆车沿着山道往上，应该都是受邀的客人吧？天空一点一点被染成了红色。

房间都很简洁，配有床桌一体式的家具，整理得干干净净，所有的东西都收在相应的位置。每一件物品都没有丝毫偏差。

"这里整齐得不像是孩子的房间呢。"

"如果有什么东西偏离了原来的位置，困扰的会是他们自己。"

宿舍长回答。

想必弘之的分类才能在这里一定也发挥了作用。我凝视着书桌上摆的笔记本、铅笔盒、教科书还有三角尺，仿佛它们就是弘之整理的。看着这些妥善放置的物品，我觉得很安心，这正是弘之在这里幸福生活过的证据。

"弘之的算术很好。"

宿舍长轻声说道。

"欸？"

我和彰同时问出声。

"他经常辅导孩子们的功课，教得很好。明明没有受过特别的训练，却能用谁都想不到的方式来解说计算题以及图形的构造，简直就是魔法师。"

"哥哥教过算术啊。"

彰摸着门上挂的盲文铭牌说道。

"是的，没有人拜托他，他就自己开始教起来了。那边的自修室看到了吗？在那里经常能听到弘之的声音。他会讲解三位数的加法，体积的测量方法，还有速度问题。这里所有的孩子，都希望弘之能一直教他们算术。"

自修室的门半开着。夕阳的光洒满房间，窗外是下沉的太阳。只有一个男孩坐在书桌前，看起来差不多是小学一年级。男孩的头发、短裤、袜子，都被染成了和夕阳相同的颜色。

"所有人今天不是都要去帮忙准备派对的吗？"

听到宿舍长的声音，男孩转过身，脚步蹒跚地道歉。

"我把作业给忘了，所以赶紧来做。做完就去帮忙。"

书桌上放着一块白板，上面摆着好几颗磁石。他用细小的手指把磁石一会摆到这，一会移到那。

彰把手中的呢外套放到角落的桌子上，静静地靠近男孩，当心不吓到他。

"是退位减法吧?"

男孩也没有诧异彰的身份，停下手指点了点头。

"要从十位数借一个，来，就像这样。"

彰握住他的手，把一颗磁石往右移动。两个人的影子融为一体，在地上拖得长长的。

"老师，派对已经准备好了!"

不知从哪里传来孩子叫我们的声音。